JN012805

契約婚のはずなのに、愛を信じないドS御曹司が溺愛MAXで迫ってきます！

★

ルネッタブックス

CONTENTS

Lunetta

第一章　突然すぎるプロポーズ

江口新菜《えぐちにいな》がそのメッセージの着信に気づいたのは、仕事が終わって会社から帰る間際のことだった。

新菜の仕事は一般事務で、残業がほぼない。だいたい定時に上がり、更衣室で制服から私服に着替えた後にスマホチェックをするのが日課となっている。

画面に出てきたメッセージの名を見て、新菜は思わず顔をしかめる。

だって……。

その名は『久慈英利《くじえいり》』

新菜の一番苦手なヤツの名前だったからだ。

子供の頃から知っていて超苦手……だけど新菜にとってとてつもない大恩がある相手。だから、連絡があれば無下《むげ》にはできない。

嫌々ながらメッセージを開く。すると、挨拶以外は簡潔な内容だった。話があるから、これから会えないかということだ。時間と場所の指定までされている。

思わず理由をでっち上げて断りのメッセージを送ろうとしたが、そうもいかない。やはり彼は恩人だからだ。

それに、一度断ったところで、永遠に避けられるわけでもない。だったら、さっさと会ってしまったほうがいいに決まっている。

新菜は時計を見て、溜息《ためいき》をつく。そして、英利のメッセージに返信を送った。


新菜は待ち合わせ場所に早く着いてしまった。

ここは新菜の会社の最寄りの駅近くにあるカフェだ。英利は新菜が大学卒業後、どこの会社に就職したかも知っているから、ここを待ち合わせに指定したのだろう。

チェーン店でもないこの店は賑《にぎ》やかな駅前ではなく、裏通りでひっそりと営業しているので、特にこの時間帯は混雑しているわけではない。知る人ぞ知るというカフェで、ゆったりとした雰囲気があり、待ち合わせにはもってこいの場所だ。

新菜は出入口に近い座席に腰を下ろし、コーヒーを頼んだ。

英利と会うのは久しぶりだ。

最後に会ったのは……二年前。新菜が二十二歳。大学を卒業したときだ。あのときも彼は新菜を突然呼び出したのだった。

そう。あのときも新菜は彼と会いたくなかった。けれども、仕方なく会いにいったら、卒業祝いだと言って、ご馳走《ちそう》してくれたのだった。もっとも、どうして彼が新菜の卒業をお祝いしてくれたのか謎だったが。

今日は……ご馳走とかではない気がする。

だって、お祝いされるようなことは何もないからだ。となると、他に心当たりは一つ。そのことを考えるだけで、新菜は胃が痛くなりそうだった。

ともあれスマホを見ながらコーヒーを飲んでいると、やがて出入口のドアが開き、男性が入ってくる。

「あ……」

思わず『英利くん』と呼びかけそうになって、口を閉じる。今の彼は三十四歳だし、第一そんな馴《な》れ馴《な》れしい呼び方ができる仲ではないからだ。

それに……。

新菜は現在の彼の姿を見て、息が止まる思いがした。

モデルみたいにスマートな長身。そして、その身体にぴったり合った高級そうなスーツがよく似合う。当然、脚も長い。何より顔が整っている。額に少しだけかかる前髪や、やや切れ長でクールに見える目、くっきりと通っている鼻筋、引き締まっている唇をセクシーだと思う人もいるだろう。

わたしは違うけれどね……。

そう思いつつ、つい目が惹《ひ》きつけられてしまうのは、やはり彼が超絶格好いいからだろう。

頭の上から爪先まで、とにかく見た目だけは素敵だ。たとえどんなボロをまとっていても、彼が放つオーラには何か特別なものを感じるだろう。

昔は顔がいいだけの陰険兄ちゃんだったのになあ。

今の彼は一からＩＴ系の会社を立ち上げ、社長を務めている。元々、大手電機メーカーの御曹司だったから、子供の頃からかなり裕福だったはずだ。しかし、自力で会社を興したせいなのか、今のほうが自信に満ち溢《あふ》れている。

そう思いながら、新菜は彼に頭を軽く下げた。彼のほうはというと、これまた軽く頷《うなず》き返して、新菜の目の前に座った。

「元気だった？」

「……ええ、まあ。英利……さんも元気でした？」

そう尋ねると、彼はふっと笑った。

「なんで敬語なんだ？　君らしくないな。子供の頃から偉そうに僕を『英利くん』とか呼んでいたのに。どこか具合でも悪いのか？　腹痛いのか？　それとも……悪いのは頭かな？」

そんな嫌味《いやみ》を矢継ぎ早に言いながらも、顔はしっかりと微笑《ほほえ》んだままだ。

やっぱり性格が悪いのは今も変わっていなかった！

新菜は思わずカッとなって言い返していた。

「少なくとも頭じゃないわね！　お互い大人なんだから、大人として挨拶しただけじゃないの。だいたい、わたし、偉そうになんかしてなかったわ！」

「……うん、それでいい。そっちのほうが新菜らしいから」

彼は満足げに頷いた。どうやら大人らしく挨拶しようなんて試みは、彼にとって無用なことだったらしい。

でも、できれば、わたしは彼との間に距離を置いていたかったんだけど……。

だって、呼び出されたのはきっと『あのこと』だと思うから。どうせ彼に頭を下げなくてはならないのなら、最初から馴れ馴れしくしたくない。

「あの……今日は……」

「いや、とりあえずコーヒーくらい飲ませてくれよ。僕も一日大変だったんだから」

彼はお冷とメニューを持ってきた若いウェイトレスに、笑顔でコーヒーを頼んだ。彼に微笑まれたウェイトレスは少し照れたような笑顔を返している。

彼は相変わらず外面だけはいい。ただし、身内同然とみなされている新菜に対しては、辛辣な言葉を投げてくるのだ。

ウェイトレスは席から離れるときに、ちらりとこちらを見た。

ああ、言いたいことは判《わか》るわよ……。

どうして、こんな平凡な顔の女と待ち合わせしているのかって思ったんでしょ？

おまけにメイクも服装も地味だ。カットソーに膝丈スカートで、長い髪をひとつにくくっている。英利に似合うのは、きっと派手なメイクで、おしゃれなワンピースを着て高いハイヒールを履いているようなモデルとかだろう。

急に自分が彼と同席していることが場違いなような気がしてしまう。

「英利くんは仕事忙しいの？」

「まあね。君はどう？　就職してもう二年経《た》ったけど、順調にいってる？」

彼は新菜が卒業して二年が経っていることをちゃんと覚えている。頭のいい人だから、単に記憶力がいいだけかもしれないが、わざわざ覚えていてくれたと思うと、何故《なぜ》か少しくすぐったい気持ちになった。

彼の会社は急成長を遂げていて、もうすっかり雲の上の人なのに。

「それなりに上手《うま》くやってるつもりよ。ミスをして真っ青になることもあったけど、最近はそういうこともなくなってきたし」

新人の頃はいろんなことで落ち込んだり悩んだりしていたが、今はもう三年目だ。後輩に教えることもできる。最初の頃のことを思い出したら、自分でもよくやっていると思うのだ。

「それならよかった。……で、美香《みか》おばさんは元気にしてる？」

新菜の母・美香と英利の母・里佳子《りかこ》は従姉妹《いとこ》同士で仲がいい。だから、わざわざ新菜に訊《き》かなくても、何かあったら恐らく英利の耳にも入るはずなのだ。

母が大病したのは、今から七年前。新菜が十七歳のときだ。あのときは英利とその母親のおかげもあって、なんとか回復したものの、現在も病気がちだ。

「今は調子いいみたい。仕事も融通を利かせてもらって自宅でできるようになったから、身体の負担が少ないの」

新菜の父はもう亡くなっている。本当のことを言えば、身体が弱い母にはあまり無理してほしくない。しかし、中学生の弟・衛《まもる》がいるから、これからお金がかかる。新菜の稼ぎだけでは家族を養うには心もとないのだ。

「元気ならよかった。うちの母がいつも心配しているから、困ったことがあったらなんでも頼ってほしい」

新菜を揶揄《からか》うときとは違う表情を、彼は見せている。新菜の家族については、いつも本気で気遣ってくれるのだ。

だから、彼が根っからの意地悪じゃないことは知っているんだけど……。

彼もいい歳をした一人前の男なのだから、子供みたいにわたしを揶揄ったり、意地悪したりしなくてもいいのに。

というより、そんなことはしてほしくない。それがあるから、新菜は彼のことを苦手に思ってしまう。本当は大恩人なのだから、感謝だけをしていたい。

「ありがとう……。母に伝えておく。里佳子おばさんはよく遊びにきてくれるけど、英利くんもたまにはうちに来て。うちの衛は英利くんのことを尊敬しているみたいだし、会いにきてくれたら喜ぶと思う」

彼はそれを聞いて、ニヤリと笑う。

「衛くんは人を見る目があるからね。誰かさんと違って」

だから、それが余計なんだってば。

とにかく新菜を見ると、彼は揶揄わずにはいられないらしい。そして、新菜も彼が揶揄ってくると、どうしても言い返したくなってきてしまうのだ。

「衛は純粋な中学生だから、騙《だま》されやすいのよ」

言った傍から新菜は後悔した。自分も大人なのに、どうして子供の言い合いみたいなことをしてしまうのだろう。

英利は笑い声を上げた。

「新菜も相変わらずだね。でも、安心したよ。それでこそ、いつもの新菜だ」

「あのねえ……。わたしも二十四歳よ。これが『いつもの新菜』のわけないでしょ」

「それはそうだ。僕だって、普段から誰彼構わず揶揄ってるわけじゃない。ちゃんと人は選ぶよ。これは新菜にだけ見せる僕なんだ」

なんだか特別感を出しているが、そんなことを言われてもちっとも嬉《うれ》しくない。普通に接してくれるほうがありがたかった。

とにかく早く話を済ませて帰りたい。

そんなことを考えていると、英利のコーヒーが来た。彼はカップを口に運び、コーヒーを一口飲むと深い溜息をつく。

「ずいぶん疲れているみたいだけど……」

「うん。まあね。ちょっと頭を悩ませていることがあるんだ。実はそのことで話があるんだけど」

なんだろう。わざわざ呼び出されたから、てっきり『あのこと』かと思っていたのだが、どうも違うようだ。

「どういう話？」

「本当は食事でもして、その後にゆっくり話をしたいと思っていたけど……」

「あ、夕食は無理だから」

母がご飯を作って待ってくれているから、外食なんて絶対にしない。忘年会などの行事は前もって母に伝えておくから、最初から作らないでおいてもらえるが、いきなり外食は無理なのだ。

「そう言うと思った。だから、こんな場所だけど聞いてもらえるかな？」

彼が妙に下手に出ている。これは奇妙なことだ。彼はいつだって、上から目線で新菜に接してきていたのだから。

「……なんか怖いけど、どうぞ」

とにかく話を聞かないことには帰れない。だったら、さっさと話してもらおう。

「そうか。じゃあ……」

彼はもう一度コーヒーを飲み、カップをソーサーに置いた後、新菜の目をまっすぐに見つめてきた。

「単刀直入に言うが、僕と結婚してくれ」

えっ……？

新菜は何か聞き間違いをしたのかと思った。

結婚してくれって……？

いや、これは冗談に違いない。それとも二十四歳になっても、男性と付き合ったことすらない新菜に対しての嫌味みたいなものなのか。

新菜はムッとしながら英利の顔を見た。だが、彼はニヤニヤ笑いなどしていなくて、どちらかというと真剣な眼差《まなざ》しでこちらを見つめている。

じゃあ、聞き間違いのほうなのかな。

「え……えーと……結婚してくれって聞こえたんだけど」

彼は重々しく頷いた。

「確かにそう言った」

「えっ……ええっ……！」

思わず大声を出してしまいそうになって、慌てて口を押さえる。さすがに店で大声を出して、問《と》い質《ただ》すわけにはいかない。

一呼吸置き、改めて声を潜めて尋ねた。

「ど、どういうこと？」

本当にどうして彼がわたしにプロポーズなんかしてくるの？

昔から知っているけれど、歳の離れた兄妹みたいな関係だった。しかも、しょっちゅう会っているという間柄ではない。もちろん付き合ってもいない。二年ぶりに会った相手に、いきなり結婚の申し込みなんかするのは非常識以外の何ものでもなかった。

「一体どうしちゃったの？　仕事のしすぎでストレスが溜《た》まって……誰でもいいから結婚したいって思ったの？」

「まさか。誰でもいいなんて思っていない。それどころか、君じゃなきゃ困る。君以外、適任者はいない」

適任者……？

結婚相手に『適任者』なんて言葉を使うなんてあり得ない。あり得ないからには、何か理由があるはずだ。

新菜はコホンと咳払《せきばら》いをする。

「最初から説明してよ。英利くんなら、結婚しようと思えば、いくらだって相手が見つかるでしょ？」

顔もよければ、頭もよく、地位もお金もある。意地悪だけれど、外面はかなりいい。彼なら、結婚相手にしたいと願う女性はたくさんいるはずだ。

「そりゃあ、本気で婚活すれば結婚できるだろう。だけど、僕が望んでいるのは、ある一定期間の結婚なんだ。しかも、できるだけ早く籍を入れたい」

なるほど。本当の結婚じゃないってことね。

何か結婚したい理由があるけれど、用が済んだらさっさと別れたいというわけなのだ。やっと理解できたものの、すぐにさまざまな疑問が出てくる。

「そもそも、どうして結婚したいの？　しかも、そんな偽装結婚みたいな……」

「偽装結婚なんて言われたら、すごく悪いことみたいじゃないか。まあ実際、偽装結婚かもしれないけど……」

「理由を教えてよ。教えてくれなきゃ、結婚なんて絶対お断り」

教えてくれても断るつもりでいたが、納得できる理由なら、少しは考えてみてもいい。ほんの少しだけだけど。

「実は……父が僕達兄弟にそろそろ結婚してもらいたいと思っているようでね。先に結婚したほうに家を譲ると言い出したんだ」

「えっ……そんな！」

新菜は子供の頃、母に連れられて、英利の実家に何度か遊びにいったことがある。資産家の家なのだから、当然豪邸だった。三階建てで屋上や中庭があり、なおかつ広い庭がある。英利の母は庭づくりが趣味で、季節ごとの花をたくさん咲かせていた。

英利には二歳下の弟がいるが、実は父親の浮気相手の子だ。だから、弟に家の所有権が渡れば、英利の母はそこに住めなくなる。必然的に、丹精込めた庭とはお別れしなくてはならなくなるのだ。

「僕は母が愛した庭を守るつもりだ」

「そ、そうね！　それはそうよ」

そのことには賛成だ。英利の母は夫の浮気で傷ついた。これ以上、傷ついてほしくないと新菜も思う。

「だから、できるだけ早く入籍したい。新菜、明日はどうだろう？」

「明日！　というか、わたし、承諾してないけど？　そもそも、どうしてわたしなの？　理由を話せば協力してくれる人は他にいるでしょ？」

彼は新菜が『適任者』だと言った。その意味がまだ判らない。彼がそう思うに至った理由を知りたかった。

英利は少し溜息をついた。

「僕はできればまだ結婚するつもりはないんだ。別れたいと思ったときに、いろいろすがってこられたりしたら面倒じゃないか」

「面倒って……。前もって理由をよーく説明すればいいだけじゃない？」

「でも、そういう恐れがあるなら回避しておきたい。そのために……君ならすがってくることもないだろう？」

確かに新菜ならそんな恐れはない。そもそも彼と結婚したくないのだから。

「いや、でもっ……」

「君は僕に逆らえないから」

英利はやたら挑戦的な眼差しで新菜を射抜くように見てくる。

そう……。

どんなに憎まれ口を叩《たた》いたところで、彼には逆らえない理由がある。新菜の唯一の弱味《よわみ》だ。それがなければ、こんなふざけたプロポーズ、さっさと断って帰っていた。

「そりゃあ、わたしは英利くんと里佳子おばさんには恩があるわ。その、お金もあまり返せてないし……」

七年前、新菜の父が経営していた会社が倒産し、父は自己破産した。その直後、父は突然倒れ、すぐに亡くなり——そうこうするうちに母まで大病を煩《わずら》い、どうしたらいいか判らなくなった。そのとき二人が助けてくれたのだ。母の手術にも駆けつけてくれたし、たくさん見舞いにも来てくれたし、いろいろ限界だった新菜と衛を支えてくれた。

そして……英利が大金を貸してくれたのだ。返済はいつでもいいから、と。

あのとき新菜は高校を辞めて働こうと決心していた。そうしなければ母まで亡くしてしまうかもしれないと思い詰めていた。年の離れた弟のこともある。新菜の肩にずしりと重荷がのしかかっていて、プレッシャーでどうにかなりそうだった。そんな新菜を英利と彼の母が大学まで卒業するように諭《さと》してくれたのだ。

高卒で働くという選択肢もあったが、あのときの二人の説得があったから、奨学金を借りて進学した。受験勉強しながらバイトもしていたから本当につらかったし、大学在学中もバイト三昧《ざんまい》だったが、いい社会勉強になったと思う。

そんなわけで、借りたお金を親子で少しずつ返してきたのだが、新菜は奨学金の返済もあって、まだまだ残金がある。

正直、今日呼び出されたのもその話かと身構えていたのだった。七年も経っていて、新菜も働いているのにまだ全額返せていないなんて、よくよく考えてみたらずいぶんひどい話だ。

だけど、まさか彼の用件がプロポーズだとは想像もしていなかった。何より、そのプロポーズが期間限定の偽装結婚で、弱みを握って承諾させようとしていたとは。

「七年前のことは本当にお世話になったと思っているし、あのときお金を貸してもらったことは今も感謝してる。でも、それとこれとは別で……」

「お金のことは別にいいさ」

「そんなことない！　あの頃の英利くんは会社を立ち上げたばかりで余裕なかったんじゃないかって……後でお金を貸してもらったことを母に打ち明けたら言われたの。知らずに受け取ってしまって、すごく申し訳なかった。家族でもないのに、あんなによくしてもらって……」

「……家族ではないけど、親戚だろう？　それに、あのとき僕には君達家族を見捨てるような真似《まね》は絶対にできなかった」

英利はいつになく真面目にそう言った。

それは紛れもなく彼の本音で……。

だからこそ、新菜は彼を嫌いになれない。

あのとき……次々に不幸に見舞われ、崩れ落ちそうだった新菜の家族を救ったのは彼とその母だった。母には借金は安易にしてはいけないものだと諭されたが、実際問題、お金を借りなければどうしようもなかったのだ。

そうだ。わたしには彼に恩がある。それも大恩だ。貸してもらったお金はただのお金ではない。

返済すればそれで終わりというわけじゃなかった。

だったら……彼の願いを聞いてあげてもいいんじゃない……？

たかが籍を入れるだけじゃないの。

それも、一生そのままというわけではない。確かに離婚すればバツイチにはなるが、今のところ結婚したい相手もいないし、衛が大学を卒業するまでは男性とそういうお付き合いすることも考えられない。

そうよ。何よりわたしには借金があるし。

奨学金もそうだが、彼への借金を返済するまでは、自分が幸せになることなんて考える余裕もない。

それに、少しはこれで恩返しができる。

里佳子おばさんには幸せになってもらいたいし。あの家の所有権が英利くんのものになれば、里佳子おばさんはあの庭に好きなだけ花を植えられる。

「……判った。英利くんと里佳子おばさんに恩返しするために……結婚する」

そう言った途端、彼はにっこりと眩《まぶ》しいほどの笑みを満面に浮かべた。

「よし！　じゃあ、明日入籍しよう」

「あ、明日っ？　無理よ！」

「無理なんてことはない。あいつに先を越される前に、籍だけは先に入れておかないと安心できない」

『あいつ』とは彼の母親違いの弟・譲治《じょうじ》のことだ。英利はとにかく譲治を嫌っている。譲治に責任があるわけではないが、彼が英利の家庭不和の原因だからだ。

譲治の存在が判ったのは、英利が十歳のときだった。譲治の母が亡くなったことで、英利の父が彼を引き取ることにしたのだ。そのときになって浮気と隠し子が判り、それまで幸せだと思い込んでいた英利とその母を悲しみに突き落とした。

英利は父親を嫌うようになり、当然、突然やってきた譲治も嫌うようになった。とはいえ、別に虐《いじ》めたというわけではないようだ。ただ心情的に弟とは認められなかったというだけだ。他人の目線からすると、譲治も可哀想《かわいそう》なのだが、だからといって英利に同情しろとは言えない。

それ以来、英利は母親をもっと大切にするようになった。なんとしてでも、譲治に実家を取られたくないと思うのは当たり前だ。

だからって、明日入籍だなんて……！

「さすがに心の準備が……。母にも知らせてないのに。それに、英利くんだって、里佳子おばさんに何も言わなくてもいいの？」

「……まあ、そうだな。さすがに……美香おばさんや母には先に言っておかなくちゃならないか」

新菜の言うことは聞くつもりがなくても、互いの母親のことは気にしているようだ。これから彼が無理難題を言い出したときは、同じ方法でやり過ごすことにしよう。

「それじゃ、早速これから一緒に新菜の家へ行こう」

「ええっ？　えっと……だから心の準備が……」

「心の準備なんて大層なものはいらないよ」

彼にとってはそうでも、新菜にとってはそうではない。いや、彼がけっこう自分勝手でマイペースな性格だとは知っているが、それでももっと考えてもらいたい。

「いや、だって、わたし達がなんの前触れもなく結婚しますって、おかしくない？　誰が信じるの？　付き合ってすらいないのに。会ったのだって二年ぶりなのに。まさか、偽装結婚ですって言うつもりじゃないでしょ？」

「確かにそうだな……」

彼は顔をしかめて考えている。どうやら彼は思いとどまってくれたらしい。新菜はほっと胸を撫《な》で下《お》ろした。

「判った。設定を考えよう」

英利はグッドアイデアを思いついたように明るい顔になった。

「せ、設定？」

「そうだ。僕達は前からひそかに付き合っていた」

「えっ、まるっきり大嘘《おおうそ》……」

「だから設定なんだ。新菜の卒業祝いで一緒に食事をしたね？　あのときから二人は交際している。もちろん連絡も頻繁に取り合っている。……ああ、これは間違いじゃないな」

確かにメッセージのやり取りはしている。彼の口座に借金の一部を返済すると、律義にいくら振り込みがあったという確認のメッセージを送ってくれて、時候の挨拶みたいなやり取りを礼儀としてするだけだ。

「でも、わたし、いつも会社から寄り道せずに帰っているのに。いつ会っていたって言うの？」

「友達と遊ぶことくらいするだろう？」

「ごくたまにね。だいたい土日はバイトをしていて、遊ぶ余裕なんてないし」

「土日にバイト？」

「うちの会社は副業ＯＫだから、ファミレスでね。でも、土日も働いているって母が知ったら心配するから、内緒で……」

そう言いかけて、余計なことを自分が喋《しゃべ》ってしまったのが判った。彼はそれを聞いてニヤリと笑い、満足そうな顔になる。

「なるほどね。じゃあ、土日にいつも君は遊びにいっていた……ということになっているわけだ。じゃあ、それは僕とのデートだったということだな」

「……家族に嘘《うそ》をつくのはあまり好きじゃないかも」

「バイトしていないふりっていうのも嘘じゃないか」

「そうだけど！　もう……いいわ」

反論しようとしても、彼は自分の意見を押し通すだけだ。そもそも、これで二人は前々から付き合っていたということにできるのだから、新菜に反対する理由もない。

偽装結婚がバレるよりずっといい。

「まあ、そんなわけだから、土日のバイトは辞めるといいよ」

「どんなわけよっ？　なんでわたしがバイトを辞めるって話になるの？」

「僕と結婚するのに、土日にまで働かせるわけにはいかない。結局それも僕への返済のためなんじゃないか？」

新菜は押し黙った。

確かに彼の言うとおりだ。土日に働いたとしても、奨学金の返済があるから、彼への返済金はあまり多くはないのだが。

「……やっぱりな。それなら、もう僕への返済はしなくていい」

「えっ、そんなわけには……」

「入籍してくれるんだから、その代償……というか、お礼と思ってくれていい。君にそれくらいのメリットがなくては僕が一方的に得をするだけだから。それから、もし家事をしてくれるなら、給料を払うよ」

脅したわりには、彼は新菜の報酬を考えてくれているらしい。

返済しないのは申し訳ないとは思うが、報酬と考えたら、こちらも籍を汚すことになるのだから順当な取引なのかもしれない。

それに……彼への返済がなくなれば、肩の荷が下りる。これからは、弟の学費を貯《た》めるほうに力を注げるだろう。しかも給料つきなら、ありがたい。

「じゃ、じゃあ……それで」

おずおずと彼の申し出を受け入れると、彼はにっこりと笑った。

「よかった。……それで、僕と君は土日にいつもデートしていたけど……二年も付き合ってきたから、そろそろ結婚しようということになった、ということで」

そんなことで弟はともかくとして、母が騙されてくれるかどうか謎だ。新菜は土日であっても、今と同じであまりおしゃれもせずに出かけていたからだ。

「でも、わたし、それだと交際を秘密にしていた……ってことになるんだけど？　それに、この二年間、何度も里佳子おばさんに会っているのよ」

「うーん……ほら、母親同士が仲がいいからこそ秘密にしていたわけだよ。結婚を急《せ》かされることになるから」

「なるほど。英利くん、結婚を急かされたくない感じに見えるもんね」

彼は今まで独身だったし、三十四歳なのにまだ本気で結婚を考えていないという。きっと一人の女性に縛られたくないタイプなのだろう。

「そういえば、今付き合っている人っていないの？」

彼に交際相手がいたとしても、真剣に付き合っているわけではないのだろうが、一応入籍するというのに、そこのところは大丈夫なのかと今更ながら心配になってくる。

「ちょうど今はいない。新菜は……って訊くまでもないか」

「どうして訊くまでもないのよ！」

新菜は今まで男性と交際していたことはないが、それでもいないと決めつけられるのは悔しかった。図星なだけに。

「平日は仕事で、寄り道もせずに家に帰り、土日にバイトを入れている。この生活に男がいるはずがない」

英利はふふっと笑った。

なんか馬鹿にされてる……！

「し、仕方ないじゃない」

「うん。判ってる。君はどこまでも家族想《おも》いだからね。自分を優先させるようなことはしないんだ」

彼の微笑みがふっと柔らかいものに変わる。

そういうところは、とても優しそうに見えて……。

そんな顔を見せられると、新菜は彼に逆らえない。まるで自分の内面を何もかも見通されているように感じてしまうのだ。

「さあ。じゃあ、早速挨拶に行くとしよう」

彼はそう言って、コーヒーを飲み干した。


新菜が家族と住むのは古い３ＤＫの二階建てのアパートだった。

最寄りの駅前からは距離があり、新菜はいつも駅からは自転車を使っている。けれども、今日は英利の車で直行することになった。

つまり、明日の朝は早起きして、駅まで歩いていかなくてはならないということだ。

新菜は運転席に座る英利の横顔にちらりと目を向けた。

ついさっきまで、彼とはただの遠縁の親戚で、子供の頃から知っているというだけの相手だった。

けれども、今は婚約者なのだ。

もう……何がなんだか。

一応、彼と偽装結婚することを同意したものの、新菜の頭の中はまだ混乱していた。これから母や弟に嘘をつくことになるのだが、彼らに真実が悟られないように上手く演技しなくてはならない。

果たしてそれがわたしにできるのか……？

必要に迫られて、嘘をついたことはある。母が病に倒れたとき、弟には大した病気ではないように言ったし、母にも自分と弟のことは大丈夫と言い続けた。

けれども、あれは本当に必死だったからだ。自分が平気そうに笑っていなくては、母も弟も動揺すると判っていたからだ。

今回は……どうだろう。あそこまで必死になれるかどうか自信がない。だけど、英利の計画のために、母や弟に心配をかけるわけにはいかない。となれば、やはり演技をするしかないのだ。

新菜が英利のことを結婚したいほど好きだという演技を。

「心配ない。僕が喋るから、君は適当に話を合わせてくれればいい」

「そ、そう……？　絶対バレないようにしてね」

「任せておいて。ただ僕が帰った後はボロが出ないようにしてくれよ」

確かにそれは心配だ。

デートのことを訊かれたら、なんとかごまかすしかない。新菜はデートなんかしたことがないから、間違ったことを喋ってしまいそうで怖い。

「……判った。なんとかする」

「頼んだよ。あ、できるだけ早く入籍するけど、その後は僕の部屋に引っ越してもらうから、荷造りをしといてくれ」

「え……本当の結婚じゃないんでしょ？」

「そうだけど、本当に見せる必要があることは判っているよね？　君だって、家族に嘘をつくわけだから」

それはそうだが、新菜は同居することまで考えていなかった。ただ籍を入れて、それとなく別ればいいとばかり思っていたのだ。

でも……そうよね。結婚しているのに別居するって変だよね。

しかも、入籍を急ぐということは、一刻も早く一緒になりたいというラブラブカップルのはずだ。それなのに、新菜が実家にずっといるのは絶対におかしい。

「大丈夫。僕のマンションは部屋が余っていて、君に個室をあげられるから」

ということは、広いマンションということだろう。

それにはホッとしたものの、やはり男性と同居するなんて緊張してしまう。小さい頃から知っている英利であっても、一緒に暮らすとなれば気を遣うだろう。

だけど、わたし達は兄妹みたいなものだから……。

英利だって、新菜を妹くらいにしか思っていないはずだ。

深く考えると、この計画のことがどんどん心配になってくる。彼の甘い言葉につられて承諾したものの、本当にこれでよかったのか。

けれども、そんなことを考えているうちに、自宅に着いてしまった。

車を近くに停《と》めて、アパートへ向かう。一階のドアを開けると、すぐに母が出てきた。

「ただいま……」

「お帰りなさい。英利くん、いらっしゃい」

前もって、英利と会ったから家に連れていくという連絡をしておいたから、いつもより家の中が片づいている。

「お久しぶりです。突然お邪魔してすみません」

英利はニコニコしながら挨拶を返す。

「いいのよ。英利くんならいつでも大歓迎よ。ご馳走じゃないけど、ご飯あるから食べていってね。でも、新菜が英利くんとたまたま会うなんてことあるのねえ」

英利が新菜の顔を見たから、新菜は首を横に振り、小さな声で彼に言った。

「わたしは『たまたま』会ったなんて言ってないわよ」

呼び出されて会ったとも言っていない。とにかくこれから話すことと矛盾がある説明はしていない。

「それならいい。とにかく僕に話を合わせてくれよ」

「二人でこそこそ喋ってないで、こっちに早く座って」

我が家はすべて和室で、リビングというしゃれたものはないので、お茶の間にテーブルを置いて、そこで食事をしている。テーブルの上にはすでに料理が並んでいた。決してご馳走とは言えないものの、いつもより品数は増えている。

英利はまずその部屋に置いてある小さな仏壇の前に座り、父に線香を上げてくれた。その間に、母がいつも勉強部屋から出てこない衛を呼びにいく。

「英利兄ちゃん、久しぶり！」

衛は満面に笑みを浮かべた顔で挨拶をした。英利のことを優しく頼れる兄のように思っているらしい。父が亡くなったとき衛は小さかった。英利がよく家に訪ねてきては面倒を見てくれたり、遊びに付き合ったりしてくれたから、衛は彼に懐《なつ》いているのだ。

結局、英利の裏の顔を知っているのは、新菜だけということになる。

「衛も大きくなったな。来年は受験だけど、高校はもう決めてるのか？」

「うん。だいたいは」

キッチンにいる母は新菜に声をかけてきた。

「新菜はちょっと手伝ってくれる？」

「はーい」

バッグを置くために別の部屋に行こうとしたが、英利に腕を掴《つか》まれ、引き留められてしまう。

「あ、すみませんが、ご飯の前にちょっとだけ、みんな座ってもらえませんか？　先にお話ししておきたいことがあるんです」

「何かしら。深刻な話？」

母は戸惑いながらも畳の上に座った。英利も座るので、腕を掴まれていた新菜もそのまま彼の隣に正座をする。衛は母の隣に腰を下ろした。

「実は……今まで照れくさくて秘密にしていましたが、僕達は交際しています」

「ええっ？　嘘！」

「マジかよ！　なんで姉ちゃんなんかと……」

衛が聞き捨てならないことを口にしたので、新菜は思わず睨《にら》みつけてしまった。が、英利の話の腰を折るのもよくないので黙っておく。

母は予想もしていなかったらしく、少しの間、英利と新菜の顔を見比べていた。

「英利くんと新菜が……。そりゃあ、里佳子と『そうなったらいいね』なんて話を昔からしていたけど、あなた達、兄妹みたいだし、全然そんな素振りがなかったから諦めていたのに」

そんな話をしていたんだ……。

新菜は全然気づかなかった。とはいえ、冗談みたいなものだったのだろうと思う。

それにしても、そんな素振りがなくて当然だ。実際はまったく付き合っていないのだから。

英利は微笑みながら新菜の腕を放して、今度は手を握ってくる。驚いたが、まさか振り払うわけにもいかない。

彼の手は大きく、新菜の小さな手がすっぽり包まれていて温かい。男性に手を握られたのは初めてなので、相手が英利でもドキドキしてきてしまう。

「実は、休日によく会っていました。新菜が大学を卒業してからだから二年間ほど、かな。それで、昨日プロポーズしたんです。新菜は結婚となるといろいろ考えたいということで、後日返事をもらう約束をしまして……」

今日は月曜。つまり昨日は日曜だった。実際の新菜はファミレスで働いていたのだが、英利の話だと、デートをしていて、その際にプロポーズをされたという設定らしい。

「今日、無事にOKの返事をもらえたので、早速ご報告しようということになりました」

英利は居住まいを正すと、新菜の手を放して、母に深々と頭を下げた。

「美香おばさん、衛くん、新菜を僕にください。絶対幸せにしますから！」

ほとぼりが冷めたら離婚する気なのに、絶対幸せにするなんて……。よくも大胆な嘘をつくものだ。

新菜は呆《あき》れながらも、結婚の挨拶をする彼をぼうっと眺めているわけにもいかないので、自分も頭を下げた。

「新菜が結婚……！　英利くんと！　こんな嬉しいことはないわ。頭を上げてちょうだい」

母は嬉しさのあまり涙ぐんでいる。新菜の胸は罪悪感で痛んだ。嘘をついているのは英利のほうなのだが、新菜もその片棒を担いでいるのだ。

なんだか詐欺師になった気分……。

母を騙すなんてことは、本当はしたくない。けれども、いろいろ考えて、彼と期間限定の結婚をするのが正しいことだと思うし、そのことをやはり母には知られたくないのだ。

世の中には良い嘘と悪い嘘があるっていうし……。

これが良い嘘なのかどうかは判らない。結局は騙しているだけじゃないかと言われれば、それまでだ。しかし、どんなに胸が痛んでも、本当の結婚のように偽装しなくてはならない。

それが母のためだし、衛のためでもあり、当然、英利の母のためでもある。

これでみんなが幸せになれるんだったら……それが一番じゃない？

「新菜、よかったわね。英利くんとだったら絶対に幸せになれるから」

「あ……うん。ありがとう」

思わず熱意のない返事をしてしまい、英利がフォローするかのごとく言葉をかぶせてきた。

「ありがとうございます！　美香おばさん……いや、お義母《かあ》さん」

とうとう義母呼びまで始めた英利に、母は感動していた。

「英利くんにお義母さんって呼ばれるなんて！　わたしと里佳子の夢は叶《かな》ったわわね。里佳子にはもうこのことは伝えたの？」

「いえ、これからです」

「じゃあ、なるべく早く話をして。わたしも早く里佳子と嬉しさを分かち合いたいから」

「そうですね。明日にでも話をしにいきたいと思っています。……ね、新菜？」

英利がにっこり笑いながら、こちらを見た。もちろん行かないなんて言うわけにもいかない。とにかく彼に話を合わせる約束になっていたからだ。

「う、うん。そうね」

「それで式はいつなの？　楽しみだわあ。新菜がこんなに早くウェディングドレスを着ることになるなんて……」

母の感極まった言葉を聞いて、新菜の胸がズキンと痛む。

だって、実際には式なんてしないと思うから。籍だけ入れて同居して……きっとそれでおしまい。こんなに喜ばせておいて、すぐに別れることになったら、どれだけ母を悲しませることになるのだろう。

うっかり英利の企《たくら》みに乗ってしまったことを、新菜は今になって後悔した。

だけど……里佳子おばさんのためでもあるんだから。

恩返しもしなくちゃならないし。

それに、いくら後悔しても、今更婚約がなかったことにはならない。

「式場はこれから決めていこうと思っています。いい式にしたいから、じっくりと選ぼうと」

英利が誠実そうな雰囲気でそう語る。

「ああ、そうね……。式場はどこでもいいわけじゃないわね」

「ただ……結婚は早くしたいんです。だから、すぐにでも一緒に暮らしたいと思っています」

「えっ……それはちょっと……」

母が言《い》い淀《よど》んだ。結婚もせずに娘が男性と暮らすなんて、いくら相手が英利であっても、すぐに許可はできないだろう。

「もちろん籍は先に入れます。ただ式が後になるだけです。その……もう離れていられないというか……」

英利がちらりとこちらに視線を向ける。

それは今まで見たことがないくらい甘い眼差しで……。

心ならずもドキッとしてしまい、頬《ほお》が火照ってしまう。それを見た母が何を勘違いしたのか、急に笑顔になる。

「そうなのね。離れていられないなんて……！　そんなに好き合っているなんて思わなかったわ！」

母まで頬を赤らめて一人で盛り上がっている。

英利が創作した嘘なのだが、母にはどうやらとてつもなくロマンティックな言葉に聞こえたらしい。

「新菜がいなくなったら、少し淋《さび》しいけど、わたしは二人を応援するから。もしご両親が反対なさったら、わたしに任せておいて！」

「ありがとうございます！　お義母さんなら判ってくれると思っていました！」

英利は新菜の肩に手を回してきて、ぐいっと自分のほうに引き寄せる。

「新菜、よかったね」

「そうね……。で、でも、家族の前だからちょっと……」

急に二人の身体がくっついたことで、新菜は慌ててしまった。

「新菜は照れ屋さんだな」

英利は笑いながら肩から手を放したが、眼差しはさっきと同じで甘ったるいものだ。まさか彼がこんなに演技派だなんて思いもしなかった。

母は幸せそうに微笑んでいて、これが本当の結婚ならどれほどよかっただろう。母の隣にいる衛は複雑そうな顔をしていた。

「姉ちゃんのどこがそんなにいいのかオレには判らないけど……でも英利兄ちゃんが本当の兄ちゃんになってくれるなら嬉しい。その……二人ともおめでとう」

どうやら新菜に対しての悪口は照れ隠しだったらしい。衛も思春期だから、素直にお祝いを言うと恥ずかしいのだろう。

なかなか可愛《かわい》いじゃないの。

嘘をついていることに罪悪感はまだあったが、新菜は弟の反応に満足した。

「じゃあ、そろそろご飯食べましょう。新菜も手伝って」

母の言葉に従って、キッチンへ行く。ご飯を茶碗《ちゃわん》によそっていると、母が小声で話しかけてきた。

「新菜は本当にいい人を選んだわね。英利くんなら絶対に大丈夫だから」

何故そう言えるのかと訊きたくなったが、英利は外面がいいだけじゃなく、何年間もうちの家族の支えにもなってくれたのだ。お金のことだけじゃない。衛のいい相談相手でもある。

茶の間に目を向けると、英利と衛が笑顔で話している。

離婚しても、このいい関係が続けられるようにしたい。どうやればいいのか判らないけれど、なんとかできたらいいと思っている。

きっと……それも英利がちゃんと考えてくれるはず。

結局のところ、新菜は英利を頼っている。

わたしも衛と同じで素直になれないだけなのかもしれない……。

だから、英利に子供扱いされるのだろう。なんだか悔しい。

結婚を機に、これからはもっと大人になって、余裕のある女性になりたい。少なくとも英利と対等にやり合えるようになりたい。

そうよ。もっと彼を翻弄できるくらいになって……。

いつか、あたふたする彼を見て、笑うのだ。

新菜は茶碗をトレイに載せて、茶の間に運んだ。きっと英利の住むマンションとやらはとんでもなく広くて豪華なのだろう。日頃の食事だって、こんな庶民的なものでもないと思う。それでも狭い茶の間に馴染《なじ》んでいる彼を見ると、胸の中が何故か温かくなってくる。

やっぱり彼はわたし達家族にとって大事な人。

だから……。

無理難題を押しつけてきた彼を苦手に思いながらも、絶対に嫌いにはなれなかった。


新菜は結婚が決まった日の翌日、会社の前で待ち構えていた英利によって、宝飾店に連れていかれた。

「まずは指輪を買おう。どれでも好きなのを選んでいいよ」

そう言われたものの、新菜はまず店の外観の煌《きら》びやかさに気後れしていたし、店内もキラキラしすぎていて、どうにも落ち着かなかった。

要するに場違い、ということだ。

とはいえ、英利みたいな成功している男性が、安物の指輪を買うわけにはいかないのだろう。何しろ彼の両親は高価な宝石を見慣れている。もちろん新菜の母もかつては美しい宝飾品をたくさん所有していたし、見る目は持っていることだろう。

それなのに、新菜が安物の指輪をつけていたら、結婚が偽装だってことがすぐにバレてしまうだろう。だから、英利にとっては、指輪にかけるお金は必要経費みたいなものかもしれない。

それでも……やっぱり……。

高い指輪はもったいない。だって、すぐに離婚してしまうのに。

「遠慮はいらない。君が気に入ったものならなんでもいい」

「なんでもってわけには……」

目の前にはエンゲージリングがたくさん置かれている。英利が店員に予算を伝えて、お勧めのものを出してもらったのだ。

とにかくダイヤモンドが眩しい。目が眩《くら》んでしまいそうだ。だいたい、こんな高価な指輪を買ったりしたら、絶対に箪笥《たんす》の中に仕舞《しま》うだけになるだろう。それではもったいない。

「もう少しシンプルなもののほうがつけやすいかも……」

「なるほど。君の言いたいことも判る。せっかくのエンゲージリングだから、できればいつもつけてほしいし」

そもそもエンゲージリングは必要なのだろうか。

何故なら、彼はすぐにでも結婚すると言っているのに！

とはいえ、彼にとって指輪は、両親に結婚を本物だと思ってもらうための小道具なのだ。だったら、小道具を買うくらいの気持ちで選べばいいのかもしれない。

とにかく買わないことには、彼はこの店を出ないくらいの決意があるようだ。

『もう少しシンプルなもの』というオーダーで、新たな候補の指輪がまた目の前に置かれる。さっきよりはほんのちょっとだけ地味で落ち着いている。

「これなんて、どうだろう」

英利が指輪のひとつを手に取り、新菜の左の薬指にはめた。

初めてつけてみた指輪は、不思議なほど指にしっくり来る。指輪だけを見ていたときはとても自分には似合わないと思っていた。けれども、実際につけてみると、意外なほど自分の指を上品に見せてくれる。

「綺麗《きれい》ね……」

「うん。君にすごく似合う。他には……これなんかどうかな」

英利はその指輪を抜き取り、別の指輪をつけてくれた。これはとても綺麗だが、ダイヤが主張しすぎていて少し苦手だ。

新菜は改めて目の前に並べられている指輪をじっくり眺めた。

大丈夫。値段は英利の予算内なんだから。

値札を見ないようにして、デザインだけを見る。やはり英利が最初につけてくれた指輪が一番新菜の好みに合う。

「わたし、こっちのほうが好き」

「そうだね。僕もこれのほうが好きだ。君と好みが合って嬉しいな」

本当の婚約者ならともかく、実際は違うのだから何が嬉しいのか判らない。目の前には宝飾店の店員しかいないのだから、そこまで過剰にラブラブの演出をする必要はないと思う。

ひょっとして、これは予行演習とか……？

だって、これから行くのは英利の実家。両親が揃《そろ》っているのかどうか知らないが、彼らに本当の結婚だと信じさせなくてはいけないからだ。

特に父親……。

英利はその父親から結婚のプレッシャーを与えられている。弟より早く結婚しなければ、彼は実家を失ってしまうのだ。母親のためではあるけれど、彼にとっても大きな問題ではないだろうか。

しかも、奪う相手が母親違いの弟。一層複雑な気持ちになるに違いない。

そう。彼にとっては、今日は決戦を迎える気分なのだ。だから、予行演習でも全力でラブラブな雰囲気を醸し出しているのだろう。

それに比べたら、わたしの演技力はなんと貧弱なことか！

でも、恋人でもなんでもないのに、急に馴れ馴れしくするのは恥ずかしい。さすがに店員の前では恋人らしく振る舞えないけれど、せめて彼の家族の前ではもう少し寄り添うような感じを見せるべきだ。

エンゲージリングは二人の意見が一致したものを選ぶことにした。サイズもぴったりだったので、そのままラッピングしてもらうことにする。

続いてマリッジリングも選ぶことになったが、これも英利と意見が合い、すんなり決まる。シンプルだけど、よく見ると模様が刻まれているプラチナリングだ。こちらは指輪の内側に刻印してもらうので、後日受け取りということになった。

宝飾店から出ると、そのまま英利の実家に連れていかれる。幼いときは何度もお邪魔したことがある家だが、いつからか疎遠になっていた。だから、訪問するのは本当に久しぶりだ。

大きな敷地の立派な門を見ると、懐かしさが込み上げてくる。今は夜だから暗くてよく見えないけれど、広い敷地に三階建てのモダンな白い豪邸が建っているのだ。

昔の新菜の家も洋風建築の豪邸だったが、残念ながら庭はそんなに広くはなかった。英利の母が丹精込めて育てた庭は本当に素晴らしくて、まるでどこかの有名な庭園のようで、新菜はここに来る度、庭で遊ぶのが大好きだった。

「暗くてお庭が見えないのは残念……」

車をガレージではなく、前庭に停めた英利はその呟《つぶや》きを聞いて、小さな溜息をついた。

「父が君みたいにこの庭の価値を判ってくれていたら……」

そうなのだ。彼の父親がこの家を兄弟のどちらかに譲るなんて言ったということは、いかに妻のことを考えていないかという証拠だ。少しでも妻を見ていたら、彼女が精魂込めて庭を造り上げたことが判っていたはずなのだ。

それとも……判った上でわざとそんなことを言ったのか。

たとえば、英利が母のために結婚しようとするかもしれない、とか。

英利の父とはもちろん会ったことはあるが、新菜はそんなに深く知らない。会えばにこやかに挨捗してくれるし、母に仕事を紹介してくれた人でもある。父の葬式にも来てくれた。しかし、それ以上の関わりはなかった。

ニコニコ笑っているからといって、いい人とも限らない。英利だって、外面はとてもいいのだ。外側からは何を考えているか判らないものだ。

「あ、そうだ。家に入る前に……」

英利は明かりをつけると、後部座席に置いておいた紙バッグを手に取り、綺麗にリボンがかけられた箱を取り出した。

「これを君に」

中身は判っているのだが、何故だかドキドキしてしまう。

「あ……ありがとう」

「サプライズも何もないけど、箱を開けて」

言われたとおりにリボンを外して、中を開ける。もちろん、そこには指輪のケースが入っていて、新菜が選んだ指輪が収まっていた。

英利はその指輪を手に取ると、新菜の左の薬指にはめる。

「よし。これでいい」

なんだかロマンティックの欠片《かけら》もないが、彼にとってはただの小道具なのだから仕方ない。

そうよ。ロマンティックなんて、この結婚には必要ないんだから。

そう自分に言い聞かせても、胸のどこかがモヤモヤとしてしまうのは何故なのだろう。

「さあ、行こうか」

「うん……」

新菜は促されて車を降りた。仕方がないこととはいえ、これからまた人を騙すのかと思うと、気が咎《とが》める。暗がりの中、英利に肩を引き寄せられて、彼の体温を感じた。

「肩の力を抜いて。知らない人に会うんじゃないだろ？」

「……そうなんだけど」

自分ではそういうつもりはなかったのだが、肩に力が入っているということは緊張しているのだろう。

本当の結婚の挨拶なんかじゃないのに。

馬鹿みたい。

「仕方ないな」

彼は新菜の肩から手を滑らせて背中に当てる。そして、抱き締めてきたかと思うと、顔を寄せてきた。

ええっ！

声を出す暇もなく唇を塞がれた。

キス……？　これってキス？

あまりに突然のことで、身体が痺《しび》れたように動かない。黙ってされるままになっていた。柔らかい唇の感触が離れていくことで、やっと息ができる。

「なっ……何するの」

玄関先で大きな声を出すわけにもいかず小声で抗議する。

「僕達はキスも当たり前の関係なんだ。僕が肩を抱いたくらいで妙に意識なんてするんじゃない」

英利の言葉に頭がカッと熱くなる。

わたしが彼を意識してるなんて……絶対言われたくない言葉だ。だって、そんなはずないから。

「意識なんてするわけないじゃない！　ただ緊張していただけよ……。だって結婚の挨拶なんて初めての経験だし！」

語気荒くなってしまって、なんだか自分がムキになっているように聞こえる。余計に恥ずかしくなってきて、頬が熱くなった。

新菜のそんな気持ちを察したかのように、英利はクスッと笑った。

「そうだね。その調子だ」

彼はきっとわざと新菜を怒らせたのだ。それで緊張が解けることが判っていたに違いない。

本当に……性格の悪い奴《やつ》！

とはいえ、怒ったせいで肩の力が抜けたのは確かだ。

「じゃあ、行こうか」

「……うん。なるべくちゃんと演技するから」

演技の自信はないが、彼の母親のためになんとかやり遂げてみせる。その意気込みで、新菜は彼と共に玄関ポーチの階段を上がっていった。


「新菜ちゃん、いらっしゃい」

英利の母、里佳子は新菜を歓待してくれた。

里佳子は長身の英利とは違って、小柄で少しぽっちゃりしている。けれども、目鼻立ちは整っていて、何より肌が綺麗で、若い頃はかなりの美人だったということがすぐに判る。

「新菜ちゃんが来てくれるなんて嬉しいわあ。こんな時間だからお腹空《なか》いたでしょ？　さあ、お食事にしましょう」

この豪邸には応接室やお座敷といった来客用のスペースがちゃんとあるのだが、そこではなく、ダイニングに直接通されるのは、客といっても顔見知りの気安さからだろう。

それにしても……てっきり英利の父親もいると思っていたのに、どうやら今夜はいないらしい。英利は事前にそれを知っていたらしいが、それならそれで自分にも伝えておいてほしかった。

無駄に緊張しちゃったじゃないの！

腹が立つが、文句を言うわけにもいかない。英利は涼しい顔をしている。

ダイニングテーブルには、これでもかというように里佳子お手製のご馳走が並んでいた。里佳子は昔から料理が上手で、子供の頃の新菜は彼女の料理が食べたくてこの家を訪問するのが楽しみだった。彼女は料理だけでなくお菓子作りも上手で、いつもお土産に手作り菓子を持たせてくれたものだった。

なんだか懐かしい……。

昔に戻ったみたいな気がする。

「食事の前に、母さんに話したいことがあるんだ」

英利がそう切り出すと、里佳子は期待に満ちた眼差しを向けてきた。新菜でなくても、英利が女性を連れてくるとなったら、結婚話を期待するのは当たり前の話だ。

「じゃあ、まずはこっちで話を聞きましょうか」

三人はリビングのソファに腰を下ろした。当然、新菜と英利が並んで座り、向かい側に里佳子が腰を下ろす。

「何かしら」

里佳子は満面に笑みを浮かべた。

英利はコホンと小さく咳払いをして、口を開く。

「ずっと秘密にしていたけど、新菜とずっと付き合っていて……結婚することにしたんだ」

「やっぱり！　ようやくその気になってくれたのね！　しかも、相手が新菜ちゃん！　あなたの結婚を待ち続けた甲斐《かい》があったわね」

最初は手を叩いて喜んでいたが、最後には涙ぐんでいた。

「別に泣かなくても……」

「だって、最高じゃない。わたし、ずっと昔から美香と話し合っていたの。二人が結婚してくれれば、どんなにいいかって。そんな都合のいいことが起こるわけないって思っていたけど……でも、本当なのね？　嘘じゃないわよね？」

新菜はギクリとしたが、まさか嘘ですと白状はできない。一度嘘をついたからには、つき通すしかないのだ。

英利は新菜の手を取り、里佳子に差し出した。

「ほら、指輪も贈ったんだ。実は昨日、美香おばさんにも許しをもらったよ」

「じゃあ、本当に結婚するのねっ？　ああ……よかった。ありがとう！」

そんなに感激されると、罪悪感がまた胸を締めつけてくる。新菜は英利の良心は疼《うず》かないのかと、彼の横顔を見た。

彼は自分の母親に優しく微笑みかけている。

たとえ嘘をついてでも、彼は母親の庭を守りたいのだ。そう思うと、やはり自分もちゃんと演技をしなくてはいけないと思った。

「里佳子おばさんがお義母さんになるなんて、わたしも嬉しいです」

新菜も微笑むと、英利が少し驚いたようにこちらをちらりと見た。今まで受け身だった新菜が積極的に英利の嘘に加担したことが意外だったのだろう。

「そうね。これで新菜ちゃんと家族になれるのね！」

里佳子は本当に嬉しそうだった。

それから三人は食事をしながら今後のことについて話した。結婚の時期や式のことだが、それは新菜の家で話したことと同じだ。

「結婚式まで待てないの？」

里佳子もすぐに入籍して同居することに対して驚いているようだった。

「僕は待てないよ。新菜もだろ？」

そんなふうに話を振られたら、同意するしかない。

「そうなんです。今はちょっとしか会えないから……」

そう言いながら、なんだか恥ずかしくなってきて頬が火照ってしまう。里佳子はその様子を好意的に見てくれたらしく微笑んだ。

「可愛いのね。そっか。二人とも、そんなに愛し合っているのね」

愛し合うって……。

英利との仲をそんなふうに表現されたことに耐えられなくて、思わずうつむいた。

「母さん、新菜が恥ずかしがっているだろ」

「だって、恥ずかしがってる新菜ちゃんが可愛いんだもの」

つまり揶揄われているのだろうか。だとしたら、新菜を揶揄うのが好きな英利は、もしかしたら母親似なのかもしれない。

優しい里佳子の裏の顔……とまではいかなくても、今まで知らなかった面を見た気がした。

ともあれ、里佳子は二人の婚約を信じてくれたし、和やかに食事は進んだ。彼女はお手製のお菓子を包んでくれて、新菜に持たせてくれた。

「母も衛も喜びます。里佳子おばさんのお菓子、とってもおいしいから」

「久しぶりに作ったのよ。喜んでもらえて嬉しいわ。夕食もいつも一人で摂《と》るから、今日は本当に楽しかった」

英利も一人暮らししているし、彼の弟も独り立ちしたらしい。そして、英利の父はあまり早くは帰宅しないようで、この様子だと家で食事をすることも少ないのだろう。

家政婦はいるらしいが、掃除を頼むくらいだという。この広い豪邸でほとんど一人で過ごすのは、さぞかし淋しいだろう。

いっそのこと、わたし達がここで一緒に暮らせば……。

一瞬そう思ったが、これは本当の結婚ではないのだ。しかも、ほとぼりが冷めたら離婚する。結婚がずっと続くように思わせるなんて、後で彼女が傷ついてしまう。

どちらにしても、悲しませるのは間違いないけれど、できれば傷は小さいほうがいい。変な期待を抱かせないほうがいいだろう。

里佳子に別れを告げ、新菜は英利にアパートの前まで送ってもらった。

「ちょっと寄っていく?」

「いや、今日はこのまま帰るよ。美香おばさんによろしく。指輪を見せるといいよ」

「あ……」

新菜は改めて左の薬指に指輪がはめられていることを意識した。すっかり指に馴染んでいて、指輪がここにあるのが当たり前のような感覚になっていたのだ。

「わたしにはもったいない指輪ね」

「そんなことはないさ。それより、今日はありがとう。母を信じさせてくれて」

「乗りかかった船ってところね。嘘をつくのは罪悪感があるけど……里佳子おばさんのためだから」

「そうだ。母のためなんだ」

英利の声が少し沈んでいて、やはり彼も罪悪感があるのかもしれない。

そう思うと、しんみりとしてくる。彼の父親が無茶を言わなければ、こんな嘘をついて大掛かりな芝居をすることもなかったのに。

「わたし、お芝居をやり抜くから心配しないで」

「うん。信じているよ。それで……明日入籍しよう」

「えっ、明日……?」

いきなりの話で驚いてしまう。いや、できるだけ早く入籍したいと彼が思っているのは知っていたが、明日とは思わなかったのだ。

「明日でも遅いくらいだ。でも、一応、互いの親への挨拶を優先させたから」

「英利くんのお父さんには？」

「父にはもう報告している」

「……もしかして電話で」

「ああ。電話で充分だ」

英利と父親の間には大きな溝がある。それは判っていたが、まさか結婚の報告を電話でしているとは思わなかった。

「相手がわたしだって言った？」

「ああ。驚いていたけど、新菜のことを知っていたから話は早かった。だから、実家は僕のものになる」

それはよかった。そのために二人は結婚するのだから。

「まあ、お互い家族の顔を知っているから顔合わせとは違うけど、一応、家族同士で食事会をしよう」

「そうね……。母と里佳子おばさんは明日にでも会うかもしれないけど」

「もう電話してるだろうね」

確かにそうだろう。今頃、二人で盛り上がっているかもしれない。

いつかは別れる結婚だけど……。

「じゃあ、わたし、そろそろ帰るわ」

「ああ、新菜……」

「え……」

彼が身を乗り出してきたかと思うと、唇を重ねられた。

一瞬のことだが、またキスされてしまっていた。

「な、何……っ？」

「これも練習だよ。これくらいのキス、大したことないだろう？」

ファーストキスとセカンドキスなのに！

だが、そんなことを言ったら笑われてしまうだろう。英利にしてみれば『これくらいのキス』なのだ。今までキスもしたことがなかったなんて恥でしかない。そんなことを告白するくらいなら、自分も『これくらいのキス』のふりをしたほうがマシだ。

「……判ったわよ」

「それでいい。じゃあ、明日また連絡するから」

新菜は車を降りて、後ろも見ずにアパートへ小走りに駆けていく。

ドアを開けたところで、車が走り出す音がした。彼は新菜が中に入るまで見守ってくれたのだろう。

そう思うと、何故だか胸が温かくなってくる。

彼は……本当は優しい。

それは判っている。だから憎めない。

たとえファーストキスを奪われたとしても。


英利は新菜と別れた後、車を自分のマンションへと走らせていく。

今さっきのことを思い出すと、自分のことが嘆かわしく思えてくる。なんとも言えない胸の不快感が拭えず、顔をしかめた。

判っている。キスなんてするべきではなかった。

最初のキスについてはまだ言い訳ができる。彼女があまりに緊張した様子だったから、あれではマズイと思ったのだ。母は敏感だから怪しまれる可能性を排除したかった。

婚約している仲ならキスして当たり前。それくらいの間柄なんだと、いわば演技指導を新菜にしたつもりだった。

ただ……彼女は明らかにキスには慣れていなかった。ひょっとしたら初めてかもしれない。

いや、そんなまさか。

飾り気はないものの、顔は可愛いし、スタイルもいい。今まで男と付き合ったことがないなんて考えられない。

とはいえ、彼女はずっと苦労続きだった。

父親の会社の倒産。それから父親の死亡。母親の大病。

母親だけでなく、弟のことも心配だったはずだ。金銭的な悩みもずっとあっただろう。大学時代もバイトばかりだったと聞いている。

彼女の今の生活に男がいないことは、彼女の日常を聞けば想像はつくが、まさか大学時代もずっと……？

今更ながら、結婚相手の人選をミスしたかもしれない。

もう少し男慣れした女性のほうが、こちらもあまり気を遣わなくてよかっただろう。しかし、結婚相手となると、やはり誰でもいいわけではない。

何しろ偽装結婚だ。自分の指示に従ってくれなくては困る。それに、一時期でも一緒に暮らすなら、本性を出せる相手のほうがいい、何より楽しく暮らしたい。変に擦り寄ってこられるのも嫌だ。

だから、妹のように思っていた新菜に白羽の矢を立てたのだ。

彼女なら一緒にいて気楽だし、何より楽しい。それに、彼女は自分に恩義を感じているらしい。

上手く誘導すれば、こちらの言うとおりになってくれるに違いない。

下種《げす》な考えだが、久しぶりに彼女と会って、自分が間違っていなかったことを確信した。

彼女となら楽しい偽装結婚生活が送れる。

しかも、自分にばかり利益があるわけでもない。一定期間、結婚してもらう代わり、英利は彼女の家族の面倒を見るつもりだ。今までは遠い親戚という立場だったが、結婚すれば義理とはいえ自分も家族になれる。これまで以上に気を配ってもおかしくない。

そうすれば、いつも新菜の家族を心配している母のためにもなる。それに、新菜を嫁にもらえば母も喜ぶだろう。

いい人選だと、英利は思っていた。

でも……彼女があんなに男慣れしていないとは思わなかった。彼女に触れる度に、向こうがこちらを意識しているのが伝わってくる。

自分と彼女は兄妹みたいなもの。そう思っていたのに。

意識され、反応されると、おかしな気分になってしまう。

だから……二度目のキスもしてしまった。

もちろん唇を合わせただけの軽いキスだが、それでも彼女の反応を確かめたくてしてしまったのだ。

何やっているんだ。僕は……。

そんなつもりじゃなかった。結婚して一緒に住み、父から実家を譲ってもらった後、ある程度の期間を過ごしたら別れるつもりでいる。だから大事にしたいし、絶対に手を出さないと決めていた。

だが、今は気持ちが揺らいでいる。

こんな状態で一緒に暮らし始めて大丈夫なのだろうか。まったく自信がない。けれども、互いの家族に結婚すると話している。今更なかったことにはできない。

走り出してしまったのだから、もう止められないのだ。

なんとか自制するしかない。

新菜がもっと嫌なことを言うとか、我儘《わがまま》だとか、人の金で物欲を満たそうとする女だったらよかったのに。

いや、そんな女なら、結婚しようなどとは思わなかっただろうが。

新菜は小さい頃から可愛かった。揶揄ったらムキになってきて、その様子が可愛くて仕方なかった。不幸に見舞われるようになってからも健気に耐えて頑張っていた。そして家族のためにずっと献身的に尽くしてきた。

そんな彼女をやはり守りたいと思ってきたし、それは今も変わらない。

大事にしたいからこそ……。

やはり自重しなくてはいけない。

キスはダメだ。触れるのも最低限にしよう。周りに怪しまれない程度に抑えて、敬意をもって接しよう。

英利はそう決心していた。

第二章　ドキドキの同居開始！

今日は入籍も終わって初めて迎えた土曜日だ。そして、早くも本日、英利と同居することになった。なんだか実感が湧かない。だが、それも当たり前だろう。プロポーズされたのが今週の初めなのだ。それも、結婚相手に考えたことすらなかった英利に。

それからの展開が速すぎて、気持ちが追いついていかない。男性と付き合ったこともないのに、婚約から結婚までわずか数日。そして、これから一緒に暮らすことになるなんて。

ああ、その間にキスもしちゃったことも……。

いや、あのキスのことは忘れよう。あれはただの事故のようなものだ。英利は練習だとか言っていたが、あれから別に肩を抱かれることもない。それどころか、手を握ることもないのだ。あまり気にすることはないのだろう。

そう。もう終わり。

無事に入籍も済ませた。英利の父親も実家を譲ると約束したらしいから、後はしばらく一緒に暮らせばいいだけだ。彼にしてみれば、目的は半ば達成したのだから、改めて練習も必要ないと思っているに違いない。

だから……わたしは何も心配することはないはず。

男性と同居すると思うと緊張してくるが、相手は子供の頃から知っている英利だ。彼は兄のようなものだから、そんなふうに接すればいいだけだ。

彼もきっとわたしのことを妹と思っているから。

これ以上のことは何もない。

それでも、今日から新しい生活が始まることになり、朝起きたときから新菜は胸の高ぶりを抑えきれなかった。

引っ越し……といっても、大げさに家具を持っていくことはない。とりあえず必要なものを鞄《かばん》に詰めて持っていくだけだ。だいたい服だってオールシーズン持っていかなくてもいいのだ。季節が変わるまでに離婚することだってあり得る。

結婚生活の期間は、特に決められていない。それは英利がもういいと判断したときだという。あまり早く離婚したら、互いの母親達がガッカリするから、ある程度は続けなくてはならないだろうが、英利だって元々結婚したくなかったのだから、そんなに長く続けるはずがないと思う。

ともあれ、季節が変われば改めて服を取りに来ればいい。だいたい新菜はそんなに服を持っていないのだ。鞄に詰めてみると、大した荷物にもならなかった。

迎えにきた英利は、玄関に置いてあったその荷物を見て驚いていた。

「たったこれだけなのか？」

「今の季節はこれだけね。服の他にそんなに持っていくものもないし」

「……まあ、後は買い足せばいいか」

買い足す気などなかったが、彼がそれで納得してくれたならそれでいい。

彼は母と衛に挨拶すると、仏壇に手を合わせた。彼はここに来る度、父にもちゃんと挨拶をしてくれる。礼儀として当たり前のことかもしれないけれど、新菜はここにはいない父を大事にされている気がして、それが嬉しかった。

英利は合わせていた手を離して、横にいた新菜の目を見てふわりと微笑んだ。

「お義父さんに、お嬢さんを大事にお預かりしますと言っておいた」

こういう真面目モードのときの彼は新菜の胸を温かくしてくれる。いつもこうだったら、彼のことを好きになっていたかもしれない。

でも……何故かわたしには真面目モードより、揶揄うモードのほうが多い。

だから、彼に心を奪われる危険性はない。というか、離婚は最初から決まっているのだから、間違っても好きになってはいけないのだ。

時々ドキッとすることはあるけれど、それは単なる気の迷いみたいなものだろう。

「ありがとう。父も喜ぶと思うわ」

「どうだろう。お義父さんは怒ってるかもしれないな。こんなことに巻き込むなって」

確かに『お預かりします』は返品前提の挨拶だ。父親としては、そんな相手と娘を結婚させたくないに決まっている。

「わたしは納得してるから。あ、コーヒーでも飲む？」

「いや、いいよ。もう用意はできているんだろう？　それならもう行こう。買い物にも行かなくちゃいけないしね」

母がキッチンから紙袋を持ってきた。

「あら、もう行っちゃうの？　ああ、新菜、これを忘れてるわよ」

「あ……ありがとう」

紙袋に入っているのは母のお手製のお惣菜《そうざい》だ。新菜は大丈夫だと言ったのに、母がどうしても持っていくようにと言い張って作ったのだ。

英利は今までずっと一人暮らしをしていたが、あまり料理はしなかったらしく、調理道具が揃っていないという。今日のうちに必要なものを買いに行く予定で、新菜は特に心配していないが、母としてはそうもいかないのだろう。

娘を想う母心なのかな？

そう思うと無下にもできない。

「他に何か必要なものはないの？　洗剤の買い置きがあるんだけど持っていく？　タオルとかも余

っているのがあるから……」

「お母さん……洗剤もタオルも英利くんの家にあるから」

行ったことはないが、たぶんあるだろうと思う。

「あ、そうね……。新菜、英利くんのお部屋に行ったことくらいあるものね」

本当は行ったことはないし、そもそも彼のマンションがどこにあるのかも数日前まで知らなかった。けれども、二年も付き合っていたというのに、相手の部屋に行ったこともないなんて不自然だ。

それこそキスなんて当然の仲のはず。

そう思うと、なんだか照れてくる。自分と英利がそういう関係だと身内に思われていることが恥ずかしい。

だって、本当のことじゃないし。

母の後ろで衛が呆れたように溜息をついた。

「母さん……そんなに心配しなくても、姉ちゃんなら大丈夫だよ。なんたって英利兄ちゃんがついてるんだから」

「そうよね……。英利くんが旦那様なんだから、心配ないわよね」

新菜はクスッと笑った。

「どうせ来週会えるじゃない」

次の土曜は両家揃っての食事会ということになる。また緊張することになるが、避けては通れない。とはいえ、緊張するのはこの結婚が偽装だと英利の父と弟にバレないようにするためで、その二人とは初対面でもない。

親しいわけでもなく、顔見知り程度だが、それでも見知らぬ家族との顔合わせではないから、そこだけはよかったと思っている。

「そうね。でも新菜……元気でね」

「ありがとう、お母さん。衛もお母さんのことよろしくね」

「任せとけって。じゃあな、姉ちゃん。英利兄ちゃん、姉ちゃんのことよろしくな」

「大丈夫だよ、衛くん」

英利はニッコリと最上の笑みを浮かべて、新菜の鞄を持った。

「落ち着いたら招待しますから、遊びに来てくださいね。……じゃあ、行こう。新菜」

新菜は靴を履き、二人に手を振った。

「行ってきます」

それはまた帰ってくるための挨拶だ。

二人はそれを知らないけれど。

涙ぐむ母を見ていると、釣られて泣きそうになるが、新菜は笑顔を崩さなかった。

英利のマンションを見るまでは、てっきり彼はタワーマンションの高層階に住んでいるものだとばかり思っていた。

実際にはタワーどころか、五階建てのマンションで、広い敷地内は植栽された緑に囲まれている。落ち着いた雰囲気で、英利がこういうマンションを選ぶのは意外な気がした。

「こういうところに住んでいたのね。タワマンかと思ってた」

平置きの駐車場に車が停まったとき、新菜はポツリと本音を洩《も》らした。

「高層階は苦手でね」

「まさか高所恐怖症とか……」

そう言いかけて、新菜は彼に遊園地でひどい目に遭わされたことを思い出した。

新菜が六歳の頃の話だ。怖いから嫌だと言ったのに、大丈夫だと説得されてジェットコースターに乗せられてしまったのだ。

全然大丈夫なんかじゃなかったのに！

『こんなのを怖がるとは思ってなかったんだ』

彼は泣きじゃくる新菜の頭を撫《な》でながらそう言ったが、その顔は確かに笑いを堪えていた。

当時の彼は本当に新菜を揶揄うのが楽しくて仕方がなかったのだろう。だが、彼は高校生だったのだ。新菜を泣かせて面白がるなんて、やはりひどいと思う。

「いや、恐怖症ってほどじゃないけど」

「そうでしょうね！」

思わず語気を強めて返してしまい、彼に怪訝《けげん》そうな顔をされた。

「え？　実はタワマンを期待してた？」

「……そうじゃないの。ただ……騙されてジェットコースターに乗せられたことを思い出しただけ」

「ああ……。あれね」

英利はふふっと笑った。

「別に騙してないさ。僕にとっては大したことないアトラクションだと思ったんだ。新菜があんなに泣くなんて思いもしなかった」

「嘘ばっかり。英利くんはあのときわたしを見て笑っていたじゃない」

「ごめん。でも、小さい君が怒ったり泣いたりするのがとにかく可愛かったから。好きな女の子を虐めたいってあるじゃないか」

『好き』なんて言葉を聞いて、一瞬ドキッとするが、当時の新菜は六歳なのだし、変な意味ではないだろう。もし彼がロリコンとかでなければという話だが、もちろんそんなふうには見えない。

「それって小学生男子の話でしょ。英利くんは高校生だったし。……そういえば、どうして英利くんはあのとき遊園地についてきたの？」

あのとき遊園地に行ったメンバーは、新菜とその母、英利とその母という四人だった。普通、高校生男子は母親と遊園地に行かないと思うのだ。

「欲しかったスニーカーを買ってもらう約束で、荷物持ちとして駆り出されたのさ。弁当が豪華だったろ？」

「そういえば……里佳子おばさんのお弁当、お重に詰められていてすごかった！」

新菜向けに可愛らしく作ってあったものの、主に里佳子と母が楽しそうに食べていたことが記憶にある。あの二人は芝生の上にシートを敷き、ほとんどそこにいた。新菜をアトラクションに連れていってくれたのはほぼ英利で、彼は荷物持ちだけでなく、子守をやらされていたに違いない。

「『里佳子おばさん』じゃなくて、もう『お義母さん』だろ？」

「あ……そうね」

一応、義理の親子となったのだ。といっても、やはりまだ実感はない。それに、どうせ別れるなら呼び方はそのままでいいのではないかと思うのだ。

もっとも、これが本当の結婚と思わせなくてはいけないのだから、英利としてはそういうわけにもいかないのだろう。

二人は車を降りて、荷物を持ち、エントランスに入る。さすが英利が選ぶマンションなだけあって、ホテルのラウンジみたいな雰囲気がある。コンシェルジュもいて、高級感たっぷりだ。

「別棟には共用スペースがあるんだ。フィットネスジムやプール、パーティールームなんかがある。後で敷地内を案内するよ」

低層階マンションで別棟まであるなんて、やはりかなり敷地が広いのだろう。古いアパートに住んでいた自分が今日からここに住むことになるなんて、なんだか不思議だ。

シンデレラとか、玉《たま》の輿《こし》とかって言うのかも。

かつて自分も裕福な暮らしをしていただけに、自分をそんなふうに思うのは複雑な気分だ。それでも、今の環境とまったく変わってしまうことに不安を抱いてしまう。

わたし、本当にここにいていいのかな……。

新菜が選んだ住まいではなく、半ば強制的に住まわせられるのだが、それでも少し居心地の悪さを感じる。

英利の部屋は4LDKで、一人住まいには広すぎる気がした。しかし、そのおかげで、新菜も安心して同居ができる。

新菜のための部屋には、すでに英利が手配したベッドやライティングビューローなどの家具が入っていた。薄型テレビが壁に取りつけてあり、新菜が英利に気兼ねせず暮らせるように配慮されている。

「いろいろ用意してくれて、ありがとう」

新菜は鞄を部屋に置いてくれた英利にお礼を言った。自分がここに住むことを望んだわけではないとはいえ、こういった用意を短い間にしてくれたのはありがたい。

「君にも快適に暮らしてほしいからね。でも、別に他の部屋は立ち入り禁止ってことはないから、リビングでテレビを見たっていいし、僕の書斎の本を読んでもいいし、好きなように過ごしてほしい」

「うん……。もしわたしにしてほしくないことがあったら、遠慮せずに言ってね」

「君もね。互いを尊重しつつも、おかしな遠慮はしない。これが僕達の結婚のルールでいいんじゃないかな」

結婚のルールか……。

なんだかくすぐったい響きがあり、新菜は何故だか照れてしまった。

「後で細かいルールを確認しないとね。わたしの家事がどこまで含まれるのか、とか」

「うん、そうだね。でも、先に部屋の中を案内しようか」

英利は他の部屋を回り、新菜に説明してくれた。リビングはかなりの広さで、茶色い大きな革張りのソファセットがL字に配置され、ガラスのローテーブルが置いてあった。ベージュ色のラグが敷かれていて、そのおかげで落ち着いた雰囲気でありながら重厚になりすぎない印象がある。

壁際にはテレビ台と大型のテレビが置いてあった。ガラスのキャビネットの中には洋酒やグラスが飾られていて、背の高い観葉植物がひとつだけその傍に置かれていて、一人暮らしとあって飾り気はそれくらいだ。

ダイニングには六人掛けのテーブルがある。来客用なのだろうか。この広いテーブルで彼がポツンと食事を摂っているところを想像すると、自炊する気にならないのも判る。

「キッチンは使いやすそうね」

新菜が住んでいたアパートのキッチンは狭くて、料理がしにくかった。特に母と一緒に食事を作ろうとすると、よくぶつかりそうになっていた。ここは一人で使うのだからぶつかる心配はないとはいえ、やはり広いほうが使い勝手がいい。

「いろいろ揃えるものが必要だろうけどね。それは君に任せるよ。僕はまったく判らない」

「料理は全然しなかったの？」

「トーストを焼くとか、コーヒーを淹《い》れるとか……目玉焼きを作るとか。他にも作ろうと思えば作れるけど面倒くさい」

新菜はクスッと笑った。

英利は何でもできそうな感じに見えるのに、料理はできないのか。いや、作ろうと思えば作れると言っているが、そんな自己申告は当てにはならない。

「なんでニヤニヤ笑うんだ？」

「英利くんにも苦手なものがあるんだなって思ったの」

「そりゃあ苦手なものくらいあるさ。それとも、新菜は僕のこと、万能なスーパーマンだとか思っていたのか？」

「そうじゃないけど……。英利くんって、わたしの前では弱点見せないから」

「いや、見せたことあるよ。新菜は子供だったから、もう忘れたのかな」

そんなことがあっただろうか。新菜は記憶を辿《たど》ってみた。

英利が子供だったわたしに弱みを見せたことがあった……？

「まあ、覚えてないならいいよ。自分でもどうして子供の新菜にあんなことを話したんだろうって少し後悔したし」

「えっ……英利くんが後悔するようなこと？　知りたい！　教えてよ！」

「教えない。知りたければ思い出すことだね」

今度は彼のほうがニヤニヤ笑っている。

やっぱり……意地悪だ。

思い出したくても思い出せないのは、なんだかモヤモヤしてしまう。かといって、彼はこうなったら絶対に教えてくれないだろう。

でも、いつか絶対聞き出してやるんだから！

「それより、案内の続きをするぞ。こっちがパントリー。で、その向こうが……ランドリールームになっている」

そこは洗濯機と乾燥機があり、部屋干しできるようにもなっている。

「外に干したりしないの？」

ここは低層マンションだから、高層マンションみたいに風が強すぎて洗濯物が干せないということはない。リビングの掃き出し窓から広めのベランダが見えていて、あそこなら気持ちよくお日様の下で干せそうだった。

「僕は乾燥機にかけて、ワイシャツなんかはクリーニングに出していた。クリーニングはコンシェルジュに頼めば手配してくれるからね。でも、君が外に干したければ干してもいいよ。雨が降れば、部屋干しか乾燥機か……好きにすればいい。僕は家事をやってくれれば文句ない」

方法にはこだわらないということだ。そのほうが新菜も助かる。

「じゃあ、洗濯ハンガーも買ってこなくちゃ。物干し竿《ざお》もないのよね？」

「何もない」

買ってくるものがたくさんありそうだ。後でメモしておこう。

トイレやバスルーム、それから英利の寝室と書斎、和室を案内してもらう。掃除は家事代行に頼んでいたらしいが、どの部屋も見事なくらい綺麗に片付いていた。

「家事代行の人が片付けもしてくれるの？」

「いや、掃除だけだ。あんまり部屋の中のものを扱ってほしくないからね」

「それなら、英利くんが片づけているんだ？」

「まあ、大したことしてないよ。一人暮らしで、自炊もしないんだ。そんなに散らかることもないから」

そうだろうか。クローゼットの中も見せてもらったが、きっちり整理整頓ができていた。きっと英利は綺麗好き《きれいず》きなのだろう。

だったら、わたしも張り切って掃除をしなくちゃ。

彼が給料を払ってくれるからには、家事はこれから新菜の副業のようなものになる。それに、しっかり家事をすれば彼のためになり、恩返しになるのだ。

「これで案内は終わりだな。何か質問は?」

「今のところないわ」

「じゃあ、先に荷物を解いたら? 僕はコーヒーを淹れるから、それを飲んで買い物に出かけよう」

荷解《にほど》きなんて、持ってきたものが少ないから、あっという間だ。新菜は自分の部屋に向かう。

クローゼットには英利がハンガーを用意してくれていたので、服を吊《つ》るした。吊るせないものは引き出しに仕舞う。在宅での副業に使っているノートパソコンと文具はライティングビューローに置き、化粧品やシャンプーの類は洗面台の収納に入れた。

本当にわたしの引っ越しなんてあっという間ね。

これなら出ていくときも楽だろう。いつまでここで暮らすことになるのか判らないが、この部屋の居心地がいいからって、ここでの生活に慣れ切ってしまわないように気をつけよう。

もちろん新菜にとって、母と衛がいるあのアパートでの生活は大切なものだ。けれども、どちらが快適かと訊かれれば、答えは考えるまでもない。たとえ英利と同居するにしても、部屋は広いから距離は取れるし、何よりあの綺麗な広いキッチンで料理することを考えると、ワクワクしてしまう。

期間限定だということは、しっかり肝に銘じておかなくちゃ。

リビングに向かうと、コーヒーの香りが漂ってきた。

「もう終わったんだ？」

英利はカップボードからコーヒーカップを取り出し、注いでくれた。

「そこ座って」

彼はカップとソーサーをテーブルの上に置いてから、顔をしかめる。

「スティックシュガーはあるけど、ミルクはなかった」

新菜は砂糖とミルクをたっぷり入れるが、英利はブラックで飲むようだ。少なくとも、あの待ち合わせのカフェではそうだった。

「砂糖があるだけマシよ。何もないと思っていたもの」

彼は明るく笑った。

「僕は使わないけど、来客用に用意しておいたんだ。ミルクが欲しかったら買ってこよう」

新菜が椅子に座ると、彼がスティックシュガーを持ってきてくれた。

「ありがとう。英利くんが淹れたコーヒーを飲むのって久しぶり」

前に飲ませてくれたのは、もうずいぶん前のことだ。新菜は小学校の高学年だったろうか。英利は大学生だったと思う。場所は英利の実家だ。母同士はリビングで話していて、新菜と英利は何故かダイニングテーブルで向かい合って座っていた。

「そういえば、あのとき英利くんは何か元気なくて……あ、思い出しちゃった！　英利くんの悩み」

英利は自分の分のコーヒーを持って、新菜の向かいの席に腰かけたところだったが、新菜の言葉を聞いて苦笑いをした。

「思い出したんだ？」

「うん……。確かに小学生のわたしにする話じゃなかったね」

あのとき、英利があまりに悩んでいる様子だったので、新菜は訊いてしまったのだ。すると、彼はどんな気まぐれなのか、自分の失恋話を始めたのだった。

「自分でもあのときはよほど純情だったとしか思えない」

「カノジョがお金目当てだったんだっけ」

「金というか……父親が大企業のオーナーだから、僕とくっついておけば将来安泰だと思って付き合っていたってわけだよ。それで、僕が父とは関係ない企業に就職することや、父の助けを借りずに起業することを話したら振られた。しかも、他にも有望な相手を見繕っていたようで、あっさり乗り換えられたんだ」

あのときの英利は、相手を責めるより、自分のことを責めていた。自分には大企業の御曹司としての価値しかないのかと落ち込んでいたのだ。

「ひどい話よね」

「でも、君が励ましてくれて復活できた」

「え？　わたし、何か励ましたっけ？」

励まそうとしたことは覚えているが、小学生だった自分が大学生の彼の心に響くようなことを言えたはずがない。

「『英利くんのいいところは他にあるじゃない。顔よ！』って」

「あ……そんなこと言ったかも」

言うに事欠いて『顔』はないだろうと今なら思うが、当時の自分はそんなことしか思いつけなかったのだろう。

いや、今でも彼の一番の長所は顔だと思っているけれど。

「後は、背の高いところや脚の長さや髪型や服のセンスを褒めてくれた。男なのに指が長くて綺麗だとか、他に顔のパーツも褒めてくれたな。中でも目が一番いいって」

そんなに褒めていたのか……！

新菜は自然と頬が熱くなってくる。もちろん今は恥ずかしくて、そんなことを面と向かって言うことはできない。たとえ本当にそう思っていたとしても。

「いつも顔を合わせれば憎まれ口しか叩かない新菜が、あんなに僕のことを評価してくれていたとは知らなくて感動したな」

「ひ、評価っていうか、あんまり落ち込んでいたから、少しでも英利くんのいいところを教えてあげなくちゃって思っただけよ。……でも、外見しか褒めてあげられなくてごめん」

「いや、僕にはまだこの外見があるじゃないかって思えたよ。それに、新菜が一生懸命にいいところを挙げてくれようとするくらいの人徳が僕にもあるんだなって思えた」

人徳ねえ……。

異論はあるけれど、落ち込んでいる彼の姿を見て、放っておけないという気持ちになったのは確かだ。それが彼の人徳によるものかどうかは怪しいが、結果的にそれで浮上してくれたならよかったと思う。

それに、後で彼には世話になることになる。外見だけではなく、彼にはもっといいところもあったのだと今の新菜は知っている。

「今ならもっと褒めてあげられるのにね。お母さん想いのところとか、うちの家族への思いやりを持ってくれているところとか」

新菜がそう言うと、彼はにっこりと笑った。

「ありがとう、新菜」

そういう笑顔を真正面から見せられると、新菜は柄にもなくドキドキしてしまう。慌ててうつむいてカップを口に運んだ。

「あ、コーヒー、おいしい……」

「ミルクなしなのに？　でも、いい豆を使っているんだよ。いやいや、新菜もコーヒーのおいしさが判る年頃になったか」

彼はまた揶揄いモードに切り替わった。ムッとするが、このほうがいつもの英利という感じで安心できる。普通に笑いかけられると、逆に落ち着かなくなるのだ。

だって、彼の顔はやっぱりすごく綺麗だから。

外見だけ言ったら、全然釣り合わない。いや、外見だけでなく、彼は今や自分で興した会社のトップだ。自分の手で掴んだ地位も名誉もお金もある。何もない新菜と比較することすらおこがましい。

それでも、くだらないことを言い合っている間柄なら、そんなことをいちいち考えずに済む。

「わたしだって、もう大人なんだから」

「二十四歳か……。だったら、長くても二年くらいでこの結婚生活から解放してあげなくちゃ、新菜の婚活に差し支えるな」

長くてもあと二年……。

それくらいしか、わたしはここで暮らせないの？

胸の中で何かがズンと重たくなった。

これは本当の結婚ではないことは初めから判っている。彼がもういいと思ったら離婚するのだ。最初からその約束をしている。

なのに、彼と別れることを考えると、急に見放されたような気になるのは何故なのだろう。

新菜はモヤモヤした気持ちを押し隠しながらコーヒーを飲み、笑みを浮かべた。

「わたしはどうせ衛が社会人になるまで結婚しないつもりだったから」

「何言ってるんだ。衛くんが社会人になる頃って……」

「もう三十歳越えてるかな。けど、今時そんなの普通でしょ？」

英利だって三十四歳だ。もちろん女性は出産年齢というものがあるから、子供を産みたいのなら、それほどのんびりしていられないのは確かだ。

「君も家族想いなんだな……」

「だって、身体の弱い母にだけ任せておけないでしょ。わたし、ここにいる間も母に送金するつもりよ。副業だって続けるつもりなんだから」

「君のお金は好きにすればいいけど、副業って……。ファミレスの仕事は辞めたんだろう？」

英利がすぐに辞めろと言い張るので、無理を言って急に辞めさせてもらった。もっとも、支配人にはすぐに補充できる当てがあったみたいなので、レストランにはそれほど迷惑はかけていない……と思う。

「他にも在宅でできるデータ入力とかの仕事をしてるから。ほら、奨学金の返済もあるし、衛の大学資金も貯めなくちゃいけないし」

「……新菜」

急に低い声で名前を呼ばれてドキリとする。

「え、何？」

「その副業も辞めてほしい」

「だって……」

「だってじゃない。期間限定とはいえ、僕達は結婚したんだ。美香おばさんや衛くんのことも心配ない。たとえ離婚しても、衛くんが就職するまでちゃんと面倒を見るから」

「でも……そんな……そんなことまで英利くんにしてもらうなんて……」

「僕はいつだって思っていた。今の僕なら君達家族をもっと楽にさせてあげられるのに、遠い親戚というだけじゃ余計なお世話になってしまうって。でも、今は義理の家族だ。いくらだって援助してあげられる」

真剣に言われて、新菜は言葉が出てこなくなってしまった。

英利はそんなふうにずっと思っていたのだと知ったから。

ずっと、遠縁のわたし達のことを心配してくれていたなんて……。

感激で涙が出そうになるが、新菜はぐっと堪えた。泣いたりしたら同情を誘っているような気分になるからだ。

「……ありがとう。だけど……」

「新菜の貴重な時間をこの結婚に費やしてもらうんだ。これが僕の恩返しだ。受け取ってくれ。心配はいらないよ。今の僕は金持ちなんだ。それに、副業として家事に専念してもらいたいし。ここは無駄に広いから掃除は大変だよ？　いい加減な掃除をしていたら嫌味を言うからな。『あら、新菜さん。ここに埃《ほこり》が溜まっているわよ』って」

英利が嫁いびりの姑《しゅうとめ》みたいな口調で言うから、思わず笑ってしまった。すると、彼も声を合わせて明るく笑う。

「……判った。副業は家事だけにする」

「それでいい。家族のことが心配なのは判るけど、新菜には自分のことも大事にしてほしい。もっとおしゃれしたり、自由な時間を好きなように楽しんで生きていってもらいたい」

優しい口調でそう言われて、新菜はまた泣きそうになった。

だって……。

今まで誰にもそんなふうに言われたことはない。ずっと家族のことを考えて生きてきたし、他のことは二の次だった。自分でもそれでいいと思ってきたし、それが自分の生き方なのだと割り切っているつもりだった。

だけど、本心ではそうではなかったかもしれない。

おしゃれもしたいし、自由に遊びにいきたいと……。

お金に縛られて、とにかく少しでも多くお金を稼ぐことしか考えていなかった。会社勤めで安定した収入を得て、空いた時間はなるべく副業に当てていたのだ。

「うん……。本当に……ありがとう」

涙が出てきそうになって、ごまかすためにコーヒーを飲み干し、席を立った。

「……さあ、そろそろ買い物に行かなくちゃね」

「そうだね」

英利も残ったコーヒーを飲み干して立ち上がる。新菜は彼の分のカップも受け取り、キッチンの流しに持っていった。カップやコーヒーメーカーのポットなどを洗っていると、彼が隣に立つ。

「え……何？」

「君が何故か泣きそうな顔をしているから気になって」

気づかれていたのか……。

というか、気づいても知らないふりをしていてほしいのに。

そうしないと、余計に涙が出てきてしまいそうになるから。

「新菜……」

洗い終わって、水を止め、さり気なく目元を拭おうとした。すると、その手を英利が掴んでくる。

彼はまっすぐ新菜の顔を見つめてきた。

目元に溜まっていた涙がすっと頬に流れ落ちる。それを見た彼は眉をひそめた。

「僕が……君のプライドを傷つけてしまった？」

つまり彼が新菜の家族を援助すると言ったことが、新菜のプライドを傷つけたかもしれないと思っているのだろう。

新菜は首を横に振った。

「そんなわけない。ただ……優しくされたことが嬉しかったから」

彼ははっとしたように目を見開く。そして、今度は新菜の身体を強く抱き締めてきた。

突然彼の温《ぬく》もりに包まれて、心臓が躍りだしそうになる。こんなにも誰かにきつく抱き締められたことなんてない。しかも、男性に……なんて。

顔が火照って熱くなっていく。

驚いたけれど嫌じゃない。それどころか、彼の温もりにこのままずっと包まれていたいとさえ思ってしまう。

こんなにもドキドキしているのに。

これが心地いいと感じるなんて、どうかしている。

でも、本当はこれを望んでいたのかもしれないとも思う。誰かに守られたいという欲求が自分にもあったのだ。それをずっと抑えつけて、自分でなんでもやらなくちゃいけないと頑張ってきた。

だけど、彼に抱き締められて、気持ちが揺らぐ。

わたしだって、誰かに守られたい。誰かの腕の中で安らぎたい。

こんなふうに温かく包んでもらいたい。

そう考えている間に、彼の手は離れていく。残念だったが仕方ない。ずっと彼に甘えて生きられるわけではないのだから。

そうよ。わたし達はかりそめの夫婦なんだから。

一生一緒に過ごせるわけじゃない。

顔を上げると、彼はまだ新菜の顔を見つめていた。目が合い、ドキンとする。

顔が……近い。近い。近すぎる。いや、彼の顔が近づいてきている。

唇がそっと塞がれて、新菜は身体を固くした。いつもの練習だと思ったが、何もこんなときにしなくてもいいのに。

彼は新菜の緊張を解きほぐすように背中を優しく撫でさする。優しさが身体に沁《し》みとおっていくような気がして、たちまち新菜の身体から力が抜けてきた。

けれども、キスの練習はそれだけで終わりではなかった。

唇の隙間から舌が割り込むように中に入ってくる。こんな本格的なキスをされるとは思わなくて、新菜は驚いた。

でも……何故だか止められない。

手が痺れたみたいに彼を押しやることもできなかった。

だって、頭の中がふわふわしてきてしまう。柔らかな舌が自分の舌に絡みついてくるのを感じると、身体がカッと熱くなってきた。

それどころか、身体全体がゾクゾクしてきて、おかしなことになってくる。

やだ。わたし……。

彼のキスに感じてるってこと？

そんなことないと思いたかった。彼との結婚を本気に捉えてはいけないと知っているから。だから、このキスもただの練習に過ぎないのだと充分理解している。

ただ、二人がラブラブの夫婦に見えるための練習だと。

でも……身体が火照る。単純に暑いというのではなく、内側から炎が燃え上がるような感覚があった。鼓動が速くなり、それが不思議と心地いい。

頭の中がふわふわとしてきて、身体が蕩《とろ》けてくる。

こんなの初めて……。

本格的なキス自体初めてということもあるが、それ以上に身体が勝手に突っ走っているみたいに思えて、自分ではコントロールできそうになかった。

ふと、身体の奥に甘い疼きを感じて、新菜は動揺する。

だって……。わたし、どうにかなってしまいそう。

このまま放置していたら大変なことになる。英利に何をされても抵抗すらできなくなる。だから、今抵抗しなくてはいけない。

そう思うのに、一方では彼に身を任せたいだなんて思ってしまう。

何より……彼の温もりから離れたくない。

ずっと彼の腕の中で口づけを受けていたい。

たとえ後悔することになったとしても、見知らぬ世界に分け入って進んでいきたい。彼から与えられるものを受け取りたい。

ダメだと思いながらも止められなくて……。

どれだけ時間が過ぎたのだろう。それとも、ほんの少ししか時間は過ぎていないのか。唐突に彼が身を引いて、新菜ははっと我に返った。

新菜はただ英利の顔を見つめた。彼は狼狽《ろうばい》したように顔を背ける。

「……ごめん。練習にしてはやり過ぎたかな」

「あ……うん」

新菜はそれだけしか返事できなかった。キスしたほうが悪いのか、それとも黙ってそれを受け入れていた自分が悪いのか判らない。

ただ、英利が少なからず後悔していることだけは伝わってきた。

練習のつもりが、たまたま度を越えてしまっただけのことかもしれない。そんなに深刻に捉えることはないのだろう。

けれども、新菜の身体にはまだ熱いものが燻《くすぶ》っていて、はっきりと物足りなさを訴えていた。かといって、さっきまで二人の間にあった親密な時間は過ぎていて、今は元の二人に戻ったのだ。それに、新菜のほうは物足りなく感じていても、彼のほうは違うのかもしれない。

元々、新菜とこんなキスをするつもりはなかったのだろうし……。

「それじゃ、買い物に行く用意をするから」

彼はそう言いながらこの場を離れようとする。

「……わ、わたし、足りないものをメモするから……」

「僕は自分の部屋にいるから、君も用意ができたら声をかけてくれ」

そう言って、彼は部屋に戻ってしまった。

一人取り残された新菜はしばらくボンヤリしていたが、ふと自分の唇に指で触れてみた。今さっきここに彼の唇が優しく重ねられていた。熱い舌が自分の舌に絡まっている感覚が甦《よみがえ》ってきて、慌てて指を離す。

あれはただの練習の行き過ぎたもの。

他に意味なんてないんだから。

新菜は気を取り直して、洗ったものを布巾で拭き始めた。

もう……何も考えないようにしよう。考えれば考えるほど、思い出せば思い出すほど、何か間違った方向に行くような気がしてならない。

いっそ記憶から消してしまいたい。これからずっと英利とは同居生活が続くというのに、あんな記憶を引きずっていたら、上手く立ち回れない。意識しすぎて挙動不審になったりするのは嫌だ。二人の間に変な雰囲気が漂ってしまうのも絶対避けたい。

英利とは兄妹みたいな仲でいたい。気を遣わず言いたいことを言い合って、それぞれ好きなように過ごすのが一番だ。

それがわたしの目標とする結婚生活よ！

彼の腕の中が心地いいなんて思っちゃダメ。これ以上の接触は禁止だと、彼にもはっきり伝えなくては。

新菜はついつい頭に過ぎるキスの記憶を必死で遠ざけようとしていた。

キスのことを意識するまいと思っても、実際には上手くいかなかった。

けれども、英利のほうは何事もなかったかのように接してきて、そんなふうにされると、新菜も兄妹の関係に戻ったような気がしてくる。

二人は街で軽いランチを摂り、必要な買い物も無事に済ませた。

結局、その日の夕食は外食で済ませ、英利と二人きりで初めての夜を迎えた。

初めての夜というと、初夜みたいだが、英利と新菜の間にそういうことが起こると心配しているわけではない。

ただ……やっぱり二人きりって緊張するじゃない？

デートすら経験がない新菜としては、いくら英利を兄のように思っていても、二人きりになると警戒してしまう。あんなキスをされなければ、これほど警戒することはなかったかもしれないが。

けれども、英利はあっさりとしたもので、先に風呂に入ったかと思うと、さっさと書斎に引っ込んだ。新菜が風呂から上がっても、彼は書斎にいるようで、こちらのことをまったく無視だった。

でも、そのほうがいい。

顔を合わせて話をしていたら、また間違いが起きないとも限らないから。

英利は英利の好きなように暮らせばいいし、新菜は新菜の好きなように過ごす。それが二人の結婚生活の約束だ。

それを物足りなく思うのはおかしいから……。

明日は特別な買い物があって、それに付き合うように言われたから、休日でもゆっくりしていられない。朝食作りもあることだし、他の家事もある。新菜は早起きするためにさっさとベッドに入ることにした。

初めての部屋に初めてのベッド。もしかしたら眠れないのではないかと思ったが、それは杞憂《きゆう》だった。いつの間にか寝入っていて……起きたときには朝だった。

同居して初めての朝食作りだ。新菜は張り切って身支度をしてキッチンに向かう。英利はまだ起きていないようだ。でも、そのほうがいい。彼が起きていたら、昨日のキッチンで起こったことをまた思い出しそうになってしまうからだ。

英利が希望したのは和食の朝食だ。彼はいつも朝はトーストとコーヒーで済ませているようで、可能ならご飯と味噌汁《みそしる》がいいと言っていた。

それくらい、可能に決まってるじゃないの！

これでも母が体調を崩すたびに新菜が料理をしていたのだ。とはいえ、すごく上手いわけでもない。ただ普通に作れるというだけだ。

だが、よく考えると、英利が新菜の料理の腕前を知るわけがない。彼に振る舞ったことは一度もないし、昔の新菜がお嬢様育ちだったことを考えると、大して料理ができないのではないかと疑われていてもおかしくなかった。

まあ、里佳子おばさんみたいな上手なお母さんを持っていたら、わたしの料理なんかじゃ満足できないかも……。

少し不安はあったが、自分では及第点の朝食が出来上がった。

一息ついたところで、タイミングよく身支度を済ませた英利がリビングのほうに現れた。

「おはよう、英利くん」

「おはよう……。もう朝食ができているのか？　休日なんだから、そんなに早起きして頑張らなくてもよかったのに」

「無理してないから平気よ。わたしはいつも早起きだから」

「ああ……バイトか。無理してないならいいけど。……なんか豪華だな。やっぱり頑張りすぎじゃないか？」

ダイニングテーブルに並んでいるおかずを見て、彼は心配そうに言った。

「ここへ来て、初めての朝食だからね。明日からは適当になるかもよ」

焼き鮭《ざけ》に玉子焼き、ほうれん草のおひたし、冷ややっこ、お漬物と海苔《のり》というおかずで、これに味噌汁とご飯が加わることになる。

「うん。適当でもいいんだよ。僕はもっと適当だったんだから」

そう言いながらも、彼はおいしそうに平らげてくれた。

「新菜は意外と料理もできたんだな」

「これ、料理って呼べるほどじゃないのに」

「だけど、朝から味噌汁が飲めて幸せだよ。結婚してよかったな」

英利は湯呑でお茶を飲みながら満足そうにしている。

本当の結婚でもないのに……と思ったが、彼に満足してもらわないと、家事でお金はもらえない。だから、これでいいのだ。彼にもっと幸せを感じてもらわなくていけない。

食べ終わった後は食洗機に食器を入れ、洗濯物を干した。風呂掃除は昨夜しておいたし、後は他の掃除だけ……と思っていたら、英利がロボット掃除機に掃除をさせていた。

「えっ、わたしの仕事が……」

「今日は忙しいから、これでいい。ああ、律義に毎日掃除しなくてもいいぞ。君だって、平日は仕事があるんだから、僕が君に望むのは主に料理だ」

それでも、彼が家事に払う料金分くらいはしっかりとやりたい。元々、彼は家事代行のプロに掃除を頼んでいたのだから、自分に代わって部屋が汚くなったのでは申し訳ない。

その辺りは、これから生活していくうちに上手く掃除の時間を確保できるように工夫をして、やっていこう。

とりあえずロボット掃除機に後は任せて、新菜は英利に連れられて外出した。

英利の用事がなんなのか知らされていなかったが、思わぬところに連れていかれて、新菜は当惑した。

まずエステのサロンだ。

全身を磨き上げられ、すっかりくたくたになった後、今度はヘアサロンに連れていかれた。といっても、ロングヘアをバッサリ切られたわけではなく、傷んだ毛先を切られた程度だ。後は整えられ、トリートメントで艶々の髪になる。おまけに本格的なメイクまで施された。

そして、次はセレクトショップに連れていかれる。

高級感のある店構えで、ブランドものが揃えられていた。新菜が一人だったら、こんな店には絶対に入らないと断言できる店だった。

英利が新菜をここに連れてきたのは、やはり彼にふさわしい服を着ていないからなのだろう。

その店のオーナーは英利の大学の同級生らしく、ほっそりとした美女だ。センスのいい服を身にまとい、ヘアメイクも素晴らしい。話し方や仕草が上品で、新菜は自分でもまだ子供っぽいところがあることは自覚していたので、コンプレックスを刺激された。

それに、彼女が英利と並んで立ったら、すごくお似合いなのだ。彼の友人の奥様らしいし、別に元カノとかでもなさそうなのだが、何故だか自分と比べてしまう。

どうして彼はこの美女みたいなタイプの女性を結婚相手に選ばなかったのだろうか。いや、彼がかりそめの結婚相手を決める基準は聞いていたから、新菜がどうして選ばれたのかも理解しているつもりだ。

それでも、彼女みたいな女性なら、わざわざエステサロンやヘアサロンに連れていって磨き上げたり、わざわざ服を買う必要もなかったのだ。

新菜は高校時代も大学時代も、それから社会人になってからも、おしゃれをする余裕はなかった。節約しなければならなかったし、おしゃれをする暇があったら家族のために働いたほうがいい。ずっとそう思っていたから、新しい服を買うのにも罪悪感があった。

でも……もし許されるなら、本当はおしゃれをしてみたかった。そうすれば、今こうして引け目を感じることはなかったのに。

「新菜、何着か見繕ってもらったから、これを試着してみてくれ」

服については英利とオーナーが話し合っていて、新菜の意見は考慮されなかった。どうせセンスがないから意見を訊かれても判らなかっただろうが。

いろいろ連れ回されて疲れているせいか、なんとなくいじけた気分になりながら、言われたとおりに試着をする。

こんな高価そうな服なんて、わたしには似合わない……。

そう思っていたのに、試着してみたら驚くほど自分に似合う。

えっ……。

いつもの自分とは違う。鏡を見て、驚いてしまった。さすがプロが選ぶものは違う。これほど似合う服を選びだしてくれるなんて、まるで魔法みたいだ。

いじけた気分だったのが、嘘のように晴れやかな気持ちに変わっていく。

新菜は少し照れながら試着室の外に出た。

「……いいじゃないか！」

英利に褒められて、頬が熱くなる。自分でもいいと思ったものを、彼もいいと言ってくれただけのことだが、やはり褒められて悪い気はしない。

「馬子にも衣装って言うしな」

余計な一言を言われてムッとなる。

「どうせ中身は大したことないわよ！」

「いやいや、冗談だって。新菜によく似合っている」

オーナーはクスクス笑っている。

「こんなに若くて可愛い奥さんなんだから、ちゃんと褒めてあげないと逃げられちゃうわよ」

「判っているさ。でも、つい揶揄ってしまうんだ」

「久慈君は奥さんに夢中なのね」

オーナーは勘違いしている。彼はただ新菜を揶揄うのが趣味みたいなものなのだ。

「でも、本当にこの服は似合うわね。次はこちらの服を着てみてね」

新菜は次々に何着も試着させられた。けれども、今までの自分なら袖を通すことすらなかったであろう服を身に着けることが楽しかった。

新しい自分を発見した気がして……。

上着や靴、バッグもコーディネートされ、似合うと褒められて、モデルみたいな気分にもなってくる。それを英利に見抜かれて揶揄われたりもしたが、やはり楽しかった。

抱えていたコンプレックスも少なからず軽減されたと思う。綺麗さっぱりなくなったりはしないが、今の自分は期間限定とはいえ、おしゃれを楽しめる環境にあるから、今のうちにセンスを磨いていこうと素直に思えた。

英利は新菜が試着したものすべて買った。これも必要経費だと言って。

一応、彼の妻として恥ずかしくない格好をしなくちゃいけないということだろう。

第三章　本当の初夜

帰宅してから、新菜は買ってきたものをクローゼットや引き出しに仕舞って、夕食作りに取りかかった。

メイン料理は英利が食べたいと言ったロールキャベツだ。正しくはロールキャベツ入りのポトフか。スープの中に人参《にんじん》やじゃがいも、玉ねぎにウィンナーが入っていて、一品でボリュームがある。これにしめじと玉子を炒《いた》めたものとサラダ、味噌汁を作った。

「新菜が料理上手でよかったよ」

英利はそう言いながら、おいしそうに食べてくれる。衛なんかは作ってあげても、黙って食べるだけで張り合いがないが、英利には作り甲斐がある。

「里佳子おばさんに比べたら、大したことなくて恥ずかしいけど」

「母さんはあれが趣味だしね」

そうは言うが、やはりすごいと思う。プロみたいな料理をたくさん作ってくれるのだから。

「お料理教室を開いたらいいのにって、いつも思うのよ」

「それもいいかもね。どうせいつも一人だから、誰かを招いてくれたらって思うよ」

英利は本当に母親想いだ。できるなら一緒に住んでいたいのだろうが、それ以上に彼は父親のことが嫌いなのだ。父親がまったく家に帰らないのなら、今でも彼は一人暮らしなんかせずに母親と実家にいただろう。

食事が終わり、新菜は後片付けをする。といっても、食器は食洗機が洗ってくれるから、後は調理器具を洗うくらいだ。明日の朝食や弁当の下ごしらえも夕食作りと同時進行でやったし、すでに準備はできている。

でも、まさか英利が弁当を作ってほしいと言い出すとは思わなかった。ランチで打ち合わせとかもあるし、毎日はいらないそうだが、今までよほど適当な食生活をしていたのだろうか。

普通の家庭の食事に飢えているって感じがするし。

やはり里佳子の手作りご飯で育ったから、外食ばかりでは物足りなかったのかもしれない。結婚している間は、新菜が妻として彼の健康を考えなくてはならないし、お金をもらうからということだけでなく、精一杯頑張ろうと思った。

新菜がキッチンを綺麗にし終わった頃には、英利はもう風呂から上がっている。彼はパジャマではなくルームウェアを着ていて、新菜に声をかけてきた。

「風呂、空いたからどうぞ」

「ありがとう。あ、でも、髪をちゃんと乾かしたら？　まだ濡《ぬ》れてるじゃない。風邪ひくわよ」

「まるで母親みたいだな」

「英利くんが子供みたいなことするからでしょ」

「はいはい」

彼は洗面所で髪を乾かし始めた。その間に、新菜は自分の部屋に行き、パジャマや下着を引き出しから取り出す。ふと、今日買ってもらった服に比べると、自分の下着がずいぶん安っぽいものに見えてきて戸惑ってしまう。

今までそんなことは気にならなかった。服の上からは見えないにしても清潔さは常に心がけてきたし、安物であってもボロボロになるまで着用することはなかったのだ。見えないところに気を遣うことで、自分なりのおしゃれをしてきたつもりだ。

でも、それは今までの服と釣り合いが取れていたからだ。おしゃれな服とはやはり釣り合わないのだろう。

下着を眺めながら少し考えた。値段ではなく、実用的すぎることが問題なのかもしれない。ゴージャスでなくてもいいから、下着にもどこかおしゃれな部分があってもいいと思う。

この生活がいつまでも続くわけではないから、もちろん無理して買い替える必要はない。けれども、服に見合う下着をつけることで、中身も外側に負けてないと示したかった。

自分自身が服に追いついていない気がするけれど……。

だからこそ、下着くらいは納得できるものにしたい。

それに……英利と一緒に暮らしていたら、気をつけていても、うっかり彼の目に自分の下着が入ることがないとは言えない。すごく恥ずかしいから、そんな事態にはならないようにしたいが、実際そうなったとき、せめて可愛い下着だったらなんとか心が慰められる。

そうだ。下着を買い替えよう。

パジャマは襟ぐりと袖口にフリルがついたチェック柄のもので、可愛くてお気に入りだ。他の服は可もなく不可もなくといった印象で、今までの新菜なら充分だと思っていたものだが、ここのマンションに住む人達からしたらどうだろう。

外に出るときは、やはり英利の妻という立場にふさわしいものにしたほうがいいのかもしれない。そう思うと、今日買ってもらった服の存在が急にありがたく感じてくる。

店では、こんなに買わなくてもいいのにと思った。が、あれはまさしく彼が言うように『必要経費』なのだ。

そうよね……。奥さんのわたしがみすぼらしかったら、困るのは彼だもんね。

したくてした結婚ではないけれど、たとえ短い期間の結婚生活だとしても、新菜はベストを尽くしたかった。いい加減に終わるのではなく、英利の妻としてやるだけやったと胸を張りたい。もちろんお給料をもらうだけの価値のある家事もしっかりやるつもりだった。

英利のおかげで母と衛を喜ばせられたし、生活自体も楽になる。この結婚は新菜にもたくさんメリットがあるのだ。期間限定のシンデレラだけれど、それを楽しむこともできる。

だから、今できることをやろう。

新菜は気を取り直してパジャマと下着を脱衣所に持っていき、風呂に入った。ここの浴室は広くて清潔で快適だ。通常のシャワーヘッドの他にレインシャワーまでついている。温かくて柔らかい雨に打たれるような心地を感じながら、身体を清潔にできるなんて最高だ。

浴槽も大きくて、ジェットバスの機能もある。いつまでもゆっくり浸《つ》かっていたいくらいだが、そんなわけにもいかない。新菜は風呂から出ると、すぐに栓を抜いた。

今日のうちに掃除をしていれば、朝の時間を有効に使うことができる。それに、入浴直後のほうが汚れを落としやすいし、カビの繁殖も抑えられる。いいことづくめなのだ。

濡れた髪にタオルを巻いたパジャマ姿で掃除を終えてから、髪を乾かす。次に使ったタオルを洗濯機に放り込んで洗濯機を回し始めた。洗濯物を今日中に干してしまえば、明日の朝は掃除に時間を費やせる。

時間は有効に使わなくちゃね。

新菜は洗濯機が回っている間、自室に戻ってライティングビューローの前に座り、パソコンを立ち上げた。

在宅ワークの副業をやめると言ったが、請け負った分の仕事はしなくてはならない。納期が差し迫っているわけではないが、時間のあるときにやっておくに限る。今までも母の体調が悪くなったりとか、自分の予定どおりのことができなかったりすることがあった。だから、いつも前倒しするのが新菜の習慣だった。

やがて洗濯が完了し、新菜は手早く干してしまった。夜に外干しすると湿気《しけ》てしまいそうだから、とりあえずランドリールームに干す。朝になったら天気次第で外に干すつもりだ。

干し終わると、なんだか何か温かい飲み物が欲しくなってくる。コーヒーを淹れようか。ひょっとしたら英利も飲みたいかもしれない。

そう思って、英利の書斎をノックした。

「……ねえ、コーヒー淹れようと思ったんだけど、英利くんも飲む？」

返事だけもらえればいいと思っていたのに、彼はドアを開けて出てきた。

「ちょうど休憩したかったんだ。いいタイミングだね」

「あ、仕事してた？」

「うん、まあちょっとね」

二人はダイニングとキッチンに移動した。ダイニングに続くリビングの明かりはもう消しておいたので、こちらの明かりだけつけると、他が暗い分、妙に親密感が湧いてくる。

だって、二人きりだってことを余計に意識してしまうから……。

英利はダイニングの椅子に腰かけ、キッチンで作業をする新菜に目を向けてきた。

「新菜はさっきまで何やってたんだ？」

「請け負った分の在宅ワークをやってたの」

「さっき洗濯機も回していただろう？　本当に君は働き者だな」

「まあね。今まで時間を無駄にしないように工夫していたから」

学生時代は勉強とバイトを両立させていたし、母が入院していたときは家事もしていた。そして、就職してからは仕事とバイトの両立に忙しかったのだ。母の助けになるように家事も手伝っていたので、時間を無駄にしないことにかけてはベテランだと思っている。

「結局、僕が何を言っても君は変わらないんだな。でも……ほどほどに頑張れよ。体調を崩したら、元も子もないんだから」

自分を大事にしろと、彼は言ってくれた。もっとおしゃれをしたり、自由な時間を楽しんでもらいたい、と。

本当に彼はわたしのことを心配してくれているのね……。

新菜は胸の中がほっこりと温かくなるのを意識した。

「うん。判ってる……。わたし、無理してるつもりはないの。あのね、英利くん……」

彼のほうに視線を向けると、彼もこちらを見つめていてドキッとする。

「何？」

「え、えーとね……今日買ってもらった服を見ていたら、おしゃれをしてみたいなって思ったの。これって、心の余裕ができたってことじゃないかな」

「余裕ができたなら嬉しいけどね」

彼は優しく微笑んでいる。

そんな顔を見せられると、なんだか頬が火照りだしてしまう。これは照れもあるのかもしれない。

「だからね、これは英利くんのおかげだって思う。……ありがとう」

英利と新菜の関係はお互い軽口やら憎まれ口を叩くのが当たり前だった。自分が素直にお礼を言えるなんて、二人の関係も少し変わってきたのだろうか。

彼と一緒に暮らすのも悪くない……のかな？

新菜は急に恥ずかしくなって、視線を逸《そ》らした。

「……新菜も可愛いところがあるじゃないか」

「もう……！　何言ってるの！」

新菜は照れ隠しにコーヒーカップを並べたり、スティックシュガーやミルクの用意をして、彼のほうを見ないようにした。というか、恥ずかしすぎて、彼の顔がまともに見られなくなっていた。

やがてコーヒーができたので、カップに移した。二人分のカップをテーブルに持っていき、彼の分を差し出す。

「ありがとう。……新菜？」

「な、何？」

向かいの席に座った新菜はうっかり顔を上げて、彼を見てしまった。

目が合い、新菜は顔から火が出そうになるくらい頬が熱くなる。慌てて視線を下げて、コーヒーにミルクとスティックシュガーを入れて混ぜた。

彼は静かに席を立つと、カップを持ってテーブルを回ってきた。そして、新菜の隣の席に腰かける。

「えっ、どうしてここに？」

「隣のほうが話しやすいからだよ」

「べ、別にどこだって同じじゃない」

「僕は隣がいいんだ」

向かい側に座られると、顔が上げられない。けれども、隣に座られると、今度は近すぎて困る。

もうどうしたらいいのっ？

いや、ここは落ち着こう。彼とわたしは遠い親戚で兄妹のような仲。入籍はしているけれど、決して本当の結婚はしていない。だから、意識する必要はないのよ。

新菜はそう自分に言い聞かせる。

でも、どうしても落ち着かない。

自分はずっと英利のことは苦手だったはずだ。いつだって揶揄われてばかりで、顔を合わせたくないと思っていたときだってある。それでも、数年ぶりに会ってからの英利は、今まで新菜の知らなかった顔をたくさん見せてくる。

彼は一旦、自分の庇護《ひご》下に置いた相手をとことん大事にする人なのだ。表面上だけではない優しさが見られるのは、その限られた人間だけなのだと思う。

そして、新菜もその中の一人のようだった。彼の穏やかで優しい顔も甘くて蕩けるような顔も見た。だから、今は苦手ではないし、それどころか……。

彼のことを男性として意識したくない。でも、どうしても意識してしまう。

「ねえ……ちょっと近すぎない？　どうしてこっちに寄ってくるの？」

新菜のほうが離れようとしているのに、彼は肩に手をかけて引き寄せてくる。

ひょっとして、彼はわざとこうしているのか。となれば、練習のつもりなのかもしれない。いざというとき、新菜が夫婦らしからぬ態度を取らないように。

「練習はもういいと思うの……」

「そうかな？」

「だって、何度もしたじゃない」

「うん、何度もキスしたけど、こうして肩に手を回しただけで新菜は身体を緊張させている。お見合い結婚じゃあるまいし、恋愛結婚でこれはないと思うんだ」

それはそうだ。恋愛を経て結婚した夫婦が、二人きりになったからといって、こんな挙動不審になるはずもない。

だけど、やはり近づきすぎると困る。意識しすぎて、自分のすべてがコントロールできなくなってくるのだ。

「新菜は自分のシャンプーを持ってきたんだ？」

急に話題を変えられて、少しほっとする。

「お気に入りのシャンプーじゃなきゃ嫌だったから」

「ふーん。いい香りだね」

突然、髪を触られてドキッとする。

それどころか、髪まで撫でられている。いつの間にか顔も寄せられていて、熱くなった頬が彼の頬と触れ合っていた。

「リラックスして」

「……無理……みたい」

「じゃあキスしていい？」

「それは……ダ……」

ダメと言おうとしたが、途中でキスをされていた。

口を開けていたため、舌が容赦なく入り込んでくる。新菜はそれに抗《あらが》いたかったが、何故だか力が入らない。彼の腕から逃れられないし、胸を押しやることもできなかった。

前にキスされたときの記憶がそうさせるのか、唇が触れ合う感触だけで、身体が熱くなってきてしまう。

わたし、どうしちゃったの……？

頭では抵抗すべきだと判っているのに、何もできないでいる。ただ互いの舌が絡まるままにしていた。

というより、わたしのほうからもキスに応えてしまっているような気がする。それどころか、うっとりと目を閉じている。

一体どうなっているのだろう。まるで魔法にかかったみたいだ。ひょっとして、英利のほうも新菜と同じ状態なのだろうか。互いの身体から離れるべきだとか、唇を離すべきだとか思っているのに、何故だかどれも実行できない。

魔法でくっついたみたいに、身体を寄せ合い、唇を合わせ、舌を絡めている。

キスにこんな威力があったなんて……。

頭の中がボンヤリしてくる。身体の芯がまた甘く疼き出している。彼のほうはどうなのだろう。もしかしたら、夢中になっているのはこちらのほうだけで、彼のほうはただの練習くらいに思っているのかもしれない。それともただ揶揄っているだけなのか。

唇が離れていく。

ああ……もう終わりなんだ。

ほっとしつつも、なんだか物足りない。もっとキスしていたかったし、もっと身体を触れ合わせていたい。

その気持ちが彼に通じたのかどうか判らないが、唇がまた塞がれる。今度は新菜のほうから迎え入れるように口を開いてしまった。

自分がこんな真似をしているなんて恥ずかしい。けれども、どうしても自分を止められなかった。いつしか座っていた椅子が向き合うように位置を変えていて、お互いに身を乗り出してキスを交わし続ける。

身体が熱く火照ってくるけれど、それ以上に彼の腕の中にいることが心地いい。安心感というのか、ここにいれば自分は安全なのだと思える気がする。

だが、やがて背中を抱き寄せていた彼の手が離れた。同時に唇も離れる。

目を開けると、彼の顔が間近にあった。彼の熱い眼差しが新菜の心を射抜く。思わず新菜は彼のほうに手を伸ばした。

「いやっ……」

キスが嫌なのではなく、離れるのが嫌だった。

その願いが英利に通じたのか、彼は新菜の背中に手を回す。ほっと力を抜いた途端、新菜は彼に抱き上げられていた。

「なっ……何っ？」

急に抱き上げられて、戸惑った。新菜はただもっとキスをしたかっただけだったから。けれども、お姫様のように抱き上げられて悪い気はしない。まるでかよわい女性みたいに彼に全身を守られている感じがして、うっとりしてしまう。

英利は新菜に囁《ささや》くように言った。

「この続きをするのにふさわしい場所に移動するだけだ」

ふさわしい場所ってどこだろう。よく判らないが、新菜は守られている気分をもっと味わいたくて、彼の肩に手を回した。

身体が密着して、安定する。新菜は小柄だが、体重はそんなに軽くはない。だから、こんなに軽々と抱き上げられるなんて、彼は意外とたくましいのだろう。別に彼を非力だとは思っていなかったが、それでも筋骨隆々には見えないから、余計にギャップを感じる。

そんな彼にもっとキスをしてもらえる……。

そう思うと、新菜は嬉しかった。願いが叶えられたのだ。とにかく思う存分キスされたい。ただその一心だった。その先のことなんて考えもしなかった。

彼の寝室に運ばれるまでは。

「えっ……ここって……」

寝室にはほの暗い灯《あか》りがついていた。そこにはキングサイズのベッドがあり、その左側には観葉植物、右側にはサイドテーブルが配置されている。ほの暗い灯りはヘッドボードの両側に設《しつら》えてあった。

新菜はその大きすぎるベッドに優しく下ろされる。

「あの……」

もちろん新菜は自分の行先が彼のベッドだとは思いもしなかった。いや、思いつくべきだったのかもしれない。

恋人同士、そして夫婦ならば、二人きりでいてキスの後に何が行われるかなんて、よく考えなくても判るはずだ。ただまったくそんな経験がなかった新菜は、まったく思いつかなかったのだ。というより、キスのことしか頭になかった。

でも、さすがにベッドに連れ込まれたら、危機感を抱くのは当たり前の話だ。

「え、英利く……」

彼は新菜に何も言わせなかった。覆《おお》いかぶさるようにして抗議しようとする唇を塞いだ。

キスの続き……。

そう。わたしはこれがしたかっただけ。

彼の体温を感じながら、キスを味わいたかった。どうしてかと訊かれても判らない。ただ、ずっと前からこれを求めていたような気がして、この温もりを手放したくなかった。

彼の身体の重みを感じる。

本当は危機感を感じるべきなのに、どうしてなのだろう。不思議でたまらない。彼の熱に呑《の》み込《こ》まれたように、ただこの渦に落ちていきたくなってしまう。

舌が絡み合い、唾液が混じり合う。

身体が急激に熱くなってくる。二人の身体がさっきより密着しているせいかもしれない。

新菜の脳裏に、昔の英利の姿が浮かぶ。まだ少年だったときの姿や、大学生となった彼の姿。それから……父が亡くなったとき、母が病に倒れたとき、励ましてくれた姿が思い浮かぶ。

彼のことをずっと兄のように思っていたはず。

でも……いつからか男性として見ていた……。

自覚はなかった。彼との結婚を承諾したときも、こんな関係になることは予想していなかった。

けれども、心のどこかで……。

本当は彼のことをずっと求めていたのかもしれない。

そうでなければ、どうしてこんなに身体が熱くなるのか。

もっともっとキスをしていたくなるのか。

こうして身体を触れ合わせていると、胸の内から何か熱いものがふつふつと湧き上がってくる。

これは一体なんなのだろう。

何も判らない。でも、自分ではこれを止めることはできなかった。

英利が止めてくれなくては。

彼がやめれば、新菜はこの魔法から逃れられるはずだった。そして、元の関係に戻れるはず。

どうかそうしてほしい。そうしなければ、わたし達は……。

彼が唇を離した。うっすらと目を開けると、英利はまっすぐこちらを見つめていた。間近で目が合い、視線を逸らせなくなる。

口を開けたが、何を言っていいか判らない。彼もそうだったのだろう。彼はそのまま口づけをしてきた。

そして、キスしながら、片方の手で新菜の可愛いパジャマのボタンを外し始めた。いくつかボタンが外れると、するりとその中に彼の手が差し込まれてくる。

「ん……っ……」

胸元に直に触れられて、ビクンと身体が揺れた。彼の手がとても熱く感じられる。やはり嫌悪感は湧いてこなかった。

ブラジャーの上から彼の手がすっぽりと乳房を覆う。布越しなのに、直に胸元を触れられたときよりドキッとした。

だって……。

そこは女性として大切な部分だからだ。それを英利に触れられていると思うと、気持ちが高ぶってくる。

彼はブラの上からそこを撫でた。布に擦られて、新菜はおかしな気分になってくる。同時に、擦られた胸の先が敏感になってくるのを感じた。

同時に、甘い疼きが身体の芯から突き上げてくる。

わたし……もうダメ。

さっき以上に、自分が止められない。この甘い疼きをどうにかしないと、いつもの自分には戻れない。

彼がブラの上から乳首の辺りを指で弄《いじ》っている。布越しなのに、はっきりと感じてしまう。いや、布越しだからこそ、もっと感じたいと思ってしまう。

直接触れられたら……。

ううん。そんなことを考えてはいけない。

しかし、他のことを考えようとしても無理だった。彼の指の動きに意識を奪い取られる。もっともっと触れてほしいと願うばかりだ。

ふと唇が離れる。新菜は大きく胸を上下させて息を吸った。

これで終わり……？

わたしは解放されるの？

だが、新菜は動けなかった。解放されたなら、この目を開けて、すぐにでもベッドを出なければならない。そう思うのに、どうしても動けない。

物足りないのだ。身体中が……頭の中までふわふわと熱に浮かされたようになっていて、元の自分には戻れない。

そもそも、新菜の身体の上には彼がまだいた。

「新菜……」

名を呼ばれて目を開けないわけにはいかない。そっと瞼《まぶた》を上げると、英利の整った顔が視界に入る。

彼の瞳が熱を帯びている。もしかしたら、自分の目も同じようになっているかもしれない。

新菜の頬に彼の手が触れてきた。

「あ……」

頬を撫で、唇に触れてくる。そして、その手は顎に触れ、首筋から胸元へと移動していく。それにつれて、新菜の身体はゾクゾクしてきた。

寒いわけでもなく、それどころかとても熱いのにゾクゾクしてくる。

何……これ？

訳も判らずじっとしていると、今度はパジャマのボタンをすべて外され、全開にされる。今更かもしれないが、実用的なブラが彼の目に晒《さら》されて顔が火照った。

もちろん、気にするべきなのはブラではなく、上半身を晒していることなのだが、そのことは気にならなかった。というより、見られて恥ずかしいのに、おかしなことに喜びも感じている。それは彼の眼差しが熱っぽいからかもしれない。

こんな視線を向けられるなんて……。

自分が誰にでもこんな反応をするわけではないことは判っている。相手が英利だからだ。

わたしは彼のことを……？

好きか嫌いかと言われれば、好きのほうだろう。でも、その感情が恋人に対するようなものなのかもどうかは判らない。

ただ、彼に見つめられるだけで、身体がどうしようもなく高ぶっているのは確かだ。

「新菜……」

彼にもう一度名を呼ばれると、新菜は身体を少し震わせた。そして、甘い吐息を洩らす。

「ああ、ごめん……」

彼は呟くようにそう言うと、新菜のパジャマのズボンに手をかけた。

するするとズボンを脱がされていくのに、新菜は抵抗をまったくしなかった。彼にされるままになっていたら、足首からズボンを引き抜かれてしまう。

こうして一枚ずつ脱がされていったら、わたしは……。

行き着く先は判っている。なのに、どうしても抵抗できない。もしかしたら、彼のほうもどうしようもなくなっているのかもしれない。止めようと思っても止められない。そういう状態なのかもしれなかった。

彼は新菜の太腿《ふともも》を撫でていく。それから、ふくらはぎにキスをしてくる。

身体が震える。

もう……何をしているの？

だって、脚にキスするなんて信じられない。こんなことを続けられたら、わたしはどうなってしまうのだろう。

パニックを起こしそうになっていたが、彼が身体を起こしたのでほっとした。けれども、安堵《あんど》するのは早すぎたとすぐに判る。

新菜は彼の腕に背中を支えられ、上体を起こされたかと思うと、パジャマの上衣をするりと脱がされたからだ。今の新菜は下着しか身に着けていない。しかも、彼に背中を支えられ、もたれかかっている状態だ。

「あ……あの……」

なんと言ったらいいのか判らない。彼は一体わたしをどうする気なのか。

問いかけたいが、答えを聞くのが怖い。それに、聞いたとしても、新菜は彼に抗《あらが》えそうになかった。

今こうして下着姿を見られているかと思うと、とにかく恥ずかしくて、新菜はギュッと目をきつく瞑《つぶ》ることしかできなかった。

彼の手が新菜の肩に触れてきた。そこから腕を撫でられ、ゾクッとする。目を閉じている分、触覚が敏感になっているような気がする。少しの刺激で感じてしまうのだ。だからといって、今、目を開ける気にはならなかった。

次に彼は何をしてくるのだろう。それを恐れているのか、もしくは何かを期待しているのか、自分でも判らない。ただ、新菜は彼に身を任せるしかなかった。

だって、自分では抵抗できないんだから。

彼がここでやめてくれれば、自分は解放される。だけど、自分からやめてほしいとは、もう言えない。

ああ、わたしはどっちを望んでいるの？

やめてほしいのか……。それとも、本当は……続けてほしいのか。

新菜は呼吸が苦しくなり、大きく息を吸った。すると、上下した胸に彼の手が触れてきた。正確には、ブラの上から乳房に触れている。乳首の辺りを指を押しつけるように撫でられて、新菜はまた甘い疼きを感じた。

乳首を刺激されているのに、何故だか身体の芯が熱くなってくる。

どうしよう……。

ブラが邪魔だなんて思ってしまう。直接触れられたら、一体どんな心地がするのか。知りたくてたまらない。

彼の手がブラの上部から中へと入り込んできた。

直接、乳房を触れられている。それだけではない。すっかり敏感になっている乳首を指で弄られていた。

「ぁ……っ……」

それは小さな声だったけど、新菜が思わず洩らしてしまった声だった。

だって、我慢できなかった。そこを弄られていると、身体がビクンと大きく揺れて、熱いものが身体中に広がっていく感じがする。

「んっ……ん」

声なんか出したくない。そんな小さな刺激に反応していることを、彼には知られたくなかった。

けれども、嬌声《きょうせい》は出るし、身体が勝手に揺れてしまう。新菜が感じていることが、彼に判らないはずがなかった。

恥ずかしくてたまらないのに、自分の反応が止められないなんて……。

だからといって、刺激が今なくなったとしたら困る。こんなにも身体が疼いているのに、こんな中途半端で放り出されたら、おかしくなってしまいそうだ。

ああ、もっと触れてほしい。もっと刺激してほしい。

そう思うこと自体が恥ずかしいのに、それさえも止められなかった。

彼の手が背中のほうに回ったかと思うと、器用にブラのホックが外された。思わず目を開けたら、ブラが胸から外されているところが見えた。

頬が熱い。胸のふくらみだけでなく、ピンク色の乳首が彼に見られていた。

「や……やだ……」

新菜は手でそこを隠そうとしたが、彼の手に軽く跳ねのけられる。

「あ……」

彼の掌《てのひら》が改めて乳房を覆った。掌の温かさが直接肌に伝わっていく。彼はまるでそこが自分の所有物であるかのように触っていて、新菜の頭は混乱に至った。

わたし達って……そういう関係だった？

ううん。戸籍上は夫婦でも、こんなことはしないはずだった。恋人だったことは一度もないし、そんな甘い関係では決してなかった。

でも……何故だか新菜も今は彼に触れられていても違和感がなかった。

これが当たり前みたいな感じがして、不思議でたまらない。

彼はゆっくりと乳房を覆った手を動かす。彼の掌に乳首が当たり、再び快感が押し寄せてくる。

たかが乳首なのに、どうしてこれほどまでに敏感になっているのか、自分でもさっぱり判らなかった。

でも、事実は曲げられなくて……。

新菜は熱い吐息を洩らす。同時に、身体をくねらせた。脚の間も熱くなり、思わず両方の太腿を擦り合わせてしまう。

「……まだだよ」

「だ、だって……」

我慢できない。胸だけではなく、他のところも触れてほしくて仕方がなくなってくる。

「まだ堪能したいところがあるからね」

彼はそう囁くと、新菜の胸に顔を近づけてきた。

「やぁっ……あぁん……」

乳首が舌で舐《な》められている。新菜は驚きのあまり、身体を強張《こわば》らせた。だが、すぐに快感の渦に巻き込まれていく。

わたし……もうどうしていいか判らない。

ただ彼の愛撫《あいぶ》に翻弄されてしまう。

身体が自分のものでなくなったみたいだ。感覚はあるけれど、もうまったくコントロールできない。いや、コントロールしているのは英利のほうだ。

完全に彼に支配されている……。

舌で乳首を転がすように刺激され、身体がビクビクと何度も小刻みに揺れていた。新菜の頭は考えることを放棄していて、快感のみを追っている。

やがて彼は新菜の身体をシーツの上に横たえた。そうして、覆いかぶさるようにして、今度はまだ触れていないほうの乳首にキスをしてくる。

同時に、もう片方の乳首は指の腹で撫でられて……。

片方だけでも充分な刺激だったのに、両方の快感に晒されて、新菜は気がつけば喘《あえ》ぎ声を出していた。

やだ。わたし、こんな恥ずかしい声を出している……。

しかし、止められない。唇を閉じようとしても、また開いては甘い声を出してしまう。

「やぁ……はぁ……あぁん……っ」

胸の鼓動が速い。息が苦しくなりそうだ。いつまで、こんなふうに快感が続くのだろう。身体は熱くてたまらないのに、終わりが見えなくてどうしようもなかった。

彼は唇をずらした。お腹にキスをされたかと思うと、彼の手は新菜の脇腹をさっと撫でていき、ショーツに触れてきた。

ドキッとして、身体が大きく揺れる。

彼の指が両脚の間に触れてきた。

「あ……んっ……」

ショーツの底を指が軽く往復していく。

彼はふっと笑った。

「ココ……湿っているよ」

「そんな……こと……」

違うと否定したかった。けれども、それは嘘になる。湿っているのが自分でも判るくらいだ。

「新菜がこんなに感じるなんて……思わなかったな」

彼が意地悪なことを囁く。恥ずかしさに頬が熱くなるが、反論できない。

「だって……英利くんが……」

か細い声でなんとかそう言ったが、すかさず彼の言葉に遮られる。

「僕のせいなのかな？　ココがこんなにヌルヌルになっているのは？」

彼の指がまた往復する。その刺激に、腰が揺れた。

「あんっ……やっ……」

「可愛い声だね。直接触ったら……どうなると思う？」

「ど、どうなるっ……わ、判ら……ない……」

「判らないんだ？　教えてあげようか？」

「そ、そんな……」

「でも、本当は触れてほしいんだろう？」

彼の声は誘惑しているみたいだった。新菜は思わず頷いてしまうところだった。

何度もショーツの上から優しく刺激されている。優しすぎるくらいの軽い刺激で、本当のことを言うと物足りなかった。

もっと触ってほしい。もっと撫でてほしい。

そう。直接触れてくれたら……どんなに気持ちがいいだろうか。

「ねえ、新菜。自分の口で言ってくれないかな？　触ってくださいって」

信じられない。新菜の気持ちが判っているのに、なんてことを言わせようとしているのだろう。

新菜は唇を引き結んで、イヤイヤをするように首を横に振った。けれども、身体は別のことを訴えるように震えている。

「このままでいい？　もうやめる？」

実際、彼はショーツから指を離した。

「やぁっ……ぁん……んんっ」

「それなら言ってみて」

どうしても彼はそう言わせたいのだ。新菜には他の選択肢がなかった。

「さ……さわっ……てくだ……さい」

恥を忍んでそう言うと、彼の指がショーツの脇から中に忍び込んでいった。熱くなった秘部に触れられて、それだけで甘い吐息を洩らしてしまう。

秘裂をそっとなぞられるだけで、気が遠くなりそうなくらい感じていた。蜜がとろりと中から流れ出してくるのが判る。

「こんなに濡れているなら、脱いだほうがいいね」

「えっ……」

彼はそのままショーツを下ろしていった。

わたし……裸になってしまう。

すでに裸同然で、大事なところにも触れられていたのだから今更かもしれない。それでも、最後の一枚があるのとないのとでは全然違う。

丸まったショーツが足首から抜かれた。

胸がドキドキしている。自分が英利の前にすべてを晒していることが信じられなかった。現実のことだとはとても思えない。

「綺麗だよ……」

彼はそう囁きながら、太腿を撫でた。

「や、やだ……見ないで」

そんな馬鹿なことを言ったら、クスッと笑われる。

「それなら僕も脱ごうか？　君ばかり不公平だからね」

そう言うと、彼は手早く着ているものを脱いでいく。均整の取れた肉体が現れるのをぼんやりと眺めながら、新菜は全身がじんと痺れていくような気がした。

男の人の裸なんて……初めて見た。

父親とお風呂に入ったこともあると思うが、遠い記憶でよく覚えていない。

ジムか何かで鍛えているのだろうか。筋肉がきちんとついていて、とても綺麗な身体だ。だが、下半身については恥ずかしくてまともに見られない。

「ちゃんと見ていいのに」

新菜は手で顔を覆いながら、首を横に振った。

「そういうところ、本当に可愛いよ。……でも、僕のほうは見るからね」

太腿に手をかけられて、新菜ははっとした。彼は新菜の両脚をぐっと開いて、秘部をまともに見ている。

「嘘……見ないで……！」

顔を赤らめ、逃れようとするが、反対に太腿の裏に手を入れられ、容赦なく押し上げられてしまう。

何も隠せないほど何もかも彼に晒してしまっている。新菜の頭はのぼせたようになっていた。

「こんな……ことって……」

「新菜の全部は僕がもらう」

彼は宣言するようにそう言うと、晒されている秘部にキスをしてきた。途端に、羞恥心もどこかにかき消える。

だって、それどころじゃないから。

彼の舌が秘裂をかき分けて、敏感な芯を捉えた。

「はぁ……はぁん……ぁんっ……」

舌で刺激されると、新菜の身体は魚みたいにビクビクと跳ねる。あまりにも感じすぎて、過剰な反応しかできない。唇からはひっきりなしに喘ぎ声が洩れ出してしまう。自分を抑えようとしても無理だった。

シーツをギュっと掴んで、必死に堪えようとするが、それもできない。

身体が沸騰したように熱くなる。もう何も考えることができないくらいに、快感のことしか頭になかった。

ただ感じるだけ。

ふと、秘裂が再び指でなぞられる。舌で舐められながら、同時に秘部が優しく弄られていた。

わたしはもう限界なのに……。

これ以上、わたしをどうしようとしているの？

新菜は喘ぎながらも、彼の指の動きを感じていた。

あ……指が……。

ゆっくりと内部に侵入している。かすかな痛みを伴っていて、新菜ははっと緊張した。しかし、すぐにまた快感の波に襲われてしまい、抵抗することはできなかった。

指は容易《たやす》く奥へ入っていく。新菜は身体を震わせた。

だって、ようやく彼がしていることの意味を悟ったから。

いや、そもそも寝室に連れ込まれたときから、彼の目的は判っていたことだ。けれども、彼が優しく段階を踏んでくれたから、快感に溺れてしまい、その先のことまで考える余裕がなくなっていた。

自分の体内に彼の指が入っている。

そう思うと、新菜は妙に興奮してくるのを感じた。

「新菜の中……とても狭いんだね…」

「や、やっ……」

「大丈夫。傷つけたりしないから。安心して」

蜜に塗れた指がゆっくりと動いていく。引き出され、また押し戻される。新菜は最初こそ違和感があったが、次第にその指の動きにさえ感じるようになっていた。

嘘……。

彼はこんなにも簡単にわたしを快感の渦に巻き込んでしまう。彼が何をしても、新菜は感じてしまうのだ。

これから……どうなるの？

ここで新菜が彼に抱かれるのは間違いない。新菜が抵抗すれば別だが、抵抗どころか、彼の愛撫に我を忘れている状態だ。それに、ここで抵抗したとしても、彼は軽く受け流すことだろう。

彼に抱かれて……それからどうなるの？

わたしは元のわたしに戻れるの？

今の時点でこんなに乱れている自分が、彼に抱かれたら、どうなってしまうのだろう。怖くてならない。だが、この快感を途中で止められたら耐えられない。

行き着くところまで行かないと、今更ブレーキはかけられない。

湿った音が部屋に響いている。そこがどれほど濡れているかと思うと、頬が火照ってくる。今は脚を押さえられてもいないのに、しどけなく開いたままだ。

「あぁん……はぁ……はぁぁっ……」

秘部が甘く痺れている。身体の奥に嵐が吹き荒れているみたいで、喘ぎ声も激しくなってきた。

「も、もう……ダ……メッ」

身体の芯から何かがせり上がってくる感じがする。頭の中が更に熱くなり、恥ずかしさなんて感じなくなっていた。

どうなってもいい。どんな姿を晒していたとしても、この快感を味わいたい。

彼の指がぐっと押し入ってきて、新菜は全身を強張らせた。同時に、ふわりと浮き上がるような感じがして絶頂まで押し上げられる。

「あぁぁんんっ……んん……っ！」

しばらくの間、新菜はその絶頂を味わい続けていた。

胸の鼓動が激しい。呼吸も荒い。ただ忘我の境地に陥っていたが、英利がナイトテーブルの引き出しを開ける音でやっと我に返った。

彼は小箱を取り出し、その中の薄い包みを破っている。

あ……。

それって……避妊具？

新菜の頬はたちまち赤くなる。今更なのかもしれないが、これからすることに思い至ったのだ。

わたし達、これから……。

本当の夫婦でもないのに……という考えが頭を過ぎったが、こんなに感じておいて、何が言えるだろう。

それに、新菜の身体はまだ物足りなさを感じている。いや、正確には身体だけが物足りないわけではない。

新菜のすべてが彼を求めている。

彼のすべてを感じたかった。

「新菜……いいね？」

囁きが甘い。

新菜はそっと頷いた。

やがて、新菜の両脚は大きく広げられる。目を閉じると、秘部に彼の硬くなったものが押し当てられたのが感じられた。

入ってくる……。

痛みと共に、新菜は身構えた。

「力を……抜いて」

「む、無理……」

「できるだけでいいから。……そう、そんな感じで。……いいよ」

「あ……ぁ……」

彼は新菜の身体を気遣いながら、ゆっくりと入ってきた。そうして、すべてを収めきったとき、新菜の胸には不思議な感情が湧き起こる。

わたし、感動しているみたい。

なんだか『やっとひとつになれた』というような……。

もしかしたら、わたしはずっとこのときを待っていたのかもしれない。

そんな気さえした。

繋《つな》がったまま、彼は新菜の身体を抱き締めてきた。新菜も思わず彼の背中に手を回す。彼の肌と自分の肌が触れ合い、温もりが沁みてくる。

「新菜……新菜……っ」

彼が耳元で優しく名前を呼びかける。

彼もまた『ひとつになれた』という感動を味わっているのだろうか。できれば、そうであってほしい。奥深くで繋がることで、二人の間に何かが生まれたのだと。

「……痛かった？」

「うん……」

「ごめんね」

彼は謝罪するように小さくキスをした。二人は何度か唇を交わしていたが、その中でもとびっきり優しいキスだった。

もう一度、唇を合わせると、今度は深く口づけを交わす。新菜は自分の身体の全部が彼のものになったみたいな気がした。

彼にすべてを蕩かされて、侵されていくような……。

心の奥にあった躊躇《ためら》いが消えていく。

そうよ。わたし達はなるべくしてこうなったのよ……。

何もかもが彼のペースで、新菜は振り回されていた気分だったが、結局は自分がこうなることを選んだのだ。彼に抱かれることを。

唇が離れる。目を開けると、英利が新菜の顔を見下ろしていた。

彼はふっと笑う。蕩けるような優しい笑みで、新菜の胸はときめいた。それがまるで愛《いと》しいものを見つめる眼差しのようだったからだ。

彼は新菜の額にかかる髪をそっと撫《な》で上げる。そのまま顔の輪郭に沿って撫で、唇を指でなぞった。新菜はただドキドキして、彼の瞳を見つめるだけだった。

「動くからね」

予告はされたものの、腰を動かされると、新菜は反射的にさっきの痛みを思い出した。しかし、もう痛みはない。

それでも最初は少し緊張していた。この行為に慣れていないからだ。しかし、彼と繫がっている部分に意識を集中しているうちに、かすかな快感が湧き上がってきた。

彼の硬くなったものが内壁を擦り上げている。それが新菜に新しい感覚をもたらしていた。

「あっ……ぁっ……」

甘い声がまた小さく口から飛び出してくる。

「……また……感じてるんだ？」

「だ……だっ……て……っ」

「気持ちいい？　嬉しいよ……新菜が……こんなに敏感で……」

わたしが敏感だと嬉しいの？

彼の言葉が耳を通り過ぎていく。

ゆっくりだった動きが次第に大胆になっていき、新菜の身体の奥深くまで突いてくる。その度にジンと甘い疼きが広がり、新菜はあられもない声を上げた。

「あぁん……あん……っ」

気持ちよすぎる。新菜は涙目になりながら、彼にしがみついた。

いつの間にか彼の腰に脚を絡ませていた。大きすぎる快感が新菜のすべてを変えてしまっている。ついさっきまで、自分は何も知らなかったのに、彼はここまで変えてしまったのだ。

「……にいっ……なっ……」

彼の息が弾んでいる。彼もまた新菜と同じように感じていて、乱れているのだ。

そう思うと、身体の芯から熱いものが込み上げてきた。それが急速に全身に広がっていき、新菜の頭の中まで侵していた。

もう……何も考えられない。

快感だけに支配されている。

彼がきつく抱き締めてきた。新菜も同じ力で抱き返す。二人の身体が強く結びつき、もう離れられないような気がした。

嵐が身体の中で吹き荒れる。炎が一点を目指して突き上げていく。

「あぁぁっ……んんんっ！」

新菜は再び絶頂を迎えていた。少し遅れて、彼も新菜の奥深くに身を埋め、くぐもった声を上げる。

二人ともぐったりと力を失い、しばらくの間、そのまま抱き合っていた。

快感の余韻に浸っていて、とても動けそうにない。しかし、英利のほうは身体を起こし、新菜から離れた。密着していた温もりがなくなると、なんだか少し淋しい。新菜は両手で肩を抱き、ブルッと身体を震わせた。

「寒い？　大丈夫？」

英利は慌てたように布団をかぶせてきた。

「大丈夫よ……。少し肌寒く感じただけ」

改めて目が合うと、今更ながら急に気恥ずかしくなってくる。ついさっきまで嬌声を上げ、淫らに快感を貪っていたというのに。

彼は新菜の気持ちを見抜いたかのように、クスッと笑った。そして、新菜の額にチュッとキスをしてくる。

「なっ、何っ？」

額にキスされただけで動揺している自分がおかしい。けれども、何か大切にされている感じのキスだったので、妙に照れてしまう。

「いや……。新菜は本当に可愛いな」

「可愛い……なんて……」

行為を終えた後で、しみじみとそう言われると、彼の本心みたいに聞こえてくる。彼は新菜にそんなことを言うような男ではなかったし、そもそも二人はそういう関係でもなかった。

それなら……二人の関係はもはや変わってしまったということ？

新菜自身は彼に抱かれたことを後悔しているわけではなかった。彼の行動に流され、翻弄された部分がなかったとは言わないが、それでも自分が選んだことだ。

本当のことを言えば、彼に関心を示されることが嬉しかった。妹扱いではなく、女性として見られたことが何より嬉しい。

彼のことを兄のように思っていたはずだったけれど……。

いつ自分が彼のことを男性として意識し始めたのか、よく判らない。子供の頃からだったのか、それとも彼が新菜の家族を助けてくれたときからだろうか。もうずっと前からそうで、無意識の内にその気持ちを抑えていたのかもしれない。

だって、彼には妹としてしか見られていないと思っていたから。

揶揄われてばかりで、絶対に女扱いされていないと思っていたから。

でも、期間限定の結婚をすることになり、その練習と称して彼は新菜に触れてくるようになった。

キスをされて、胸がときめいた。

優しい言葉をかけられて、本当に大切にされている気がして嬉しかった。

だから、彼に抱かれて後悔などするはずがないのだ。

彼は新菜の頬を撫でて、今度は唇に軽くキスをしてくる。そして、子供にするみたいに、布団の上から胸をポンポンと叩いた。

「疲れただろう？　今日はこのままぐっすり眠るといい」

「え、だって……ここは英利くんのベッドだし」

「僕のベッドだからだよ」

どういう意味だろう。彼は新菜の部屋を作ってくれたし、ベッドも用意してくれた。本来、取り決めた関係のままであれば、二人は一緒に眠るはずではなかった。

「今更、別のベッドを使う意味ある？」

「そ、そうだけど……」

いきなり二人の関係が変わってしまい、新菜は戸惑っていた。

期間限定の結婚ということに変わりはない。確かに戸籍上は夫婦で、こうして本当の夫婦みたいなこともしてしまったが、それでも最初の約束どおり彼は別れるつもりでいるだろう。

それなら、あまり馴れ馴れしい関係にならないほうがいいのでは？

どのみち、彼が新菜のことを本気で好きなわけはない。これだけの容姿を持っていて、お金も地位もある。たくさんの女性ときっと付き合ってきただろう。そんな恋愛経験を重ねた彼が、妹みたいだった新菜に本気なはずはない。

可愛いとは思ってくれているみたいだけど……。

でも、可愛いなんて言葉は便利な口説き文句だろう。

彼にとっては、これもただの戯れかもしれない。結婚している間だけの遊びだ。

ああ、そうだ。結婚している間に女性と過ごしていれば浮気になるけど、妻を相手にしていればそうならないから。

もっとも、彼にそれだけの倫理観があったかどうかは判らない。新菜は結婚しても、二人の関係はそのままだと思っていた。だから、彼は自由に恋愛をするものだと思い込んでいたのだ。

それなら、結婚の期間中に、二人の関係が冷えることもあるかも……。

実際、明日になればもう元の関係に戻る可能性だってある。明日でなくても、一週間後、一カ月後にはどうなっているだろう。

そのとき、わたしはどうすればいいの？　どんな顔で彼と接すればいいの？

今更、元の関係に戻るのはつらい。それならやはり、彼に抱かれるのは今回限りにしたほうがいいのではないだろうか。

だけど……。

今夜、新菜は本心では彼と同じベッドで眠りたかった。せめて今夜だけはそうしたいと思っていた。

彼の温もりに包まれて眠ったら、どんなに心地いいだろう。

ただ一度だけでいいから、それを体験してみたい。

今夜だけでいいから。

ああ、でも……本当にいいの？

新菜の心は迷っていた。

「下着とか……パジャマとか……。コーヒーカップそのままだったし、部屋の電気も……」

「そんなものはいいから、さっさと寝なさい」

英利は笑い混じりにそう言うと、布団の中に入ってきた。温かな体温が戻ってきて、新菜の心は安らいだ。

「あ、あの……」

「はい、目を閉じる」

そう言われてしまっては、どうしようもない。おとなしく目を閉じると、彼が髪を撫でてくれる。

それがあまりにも心地よくて、たちまち眠りに引き込まれてしまう。

今だけ……今夜だけ。

明日からは元のわたしに戻るから。

そう思いながら、新菜は夢の中に入っていった。


英利は新菜の髪を撫でながら、この上なく満足だった。

身体が満足したのは言うまでもないが、心はもっと満ち足りている。いや、新菜に手を出すまいと決心していたのだから後悔しなければならないところだが、そんなものは英利の心に微塵《みじん》もなかった。

結局のところ、英利は新菜が欲しかった。

妹みたいなものだと思い込んでいたけれど、全然そうではなかった。はっきり言って、彼女が愛おしくてたまらない。

いつからそんな気持ちだったのだろうか。彼女が大人になってからだろうか。それとも、家族のために必死で頑張っているところを見たときからだろうか。自覚はなかったが、恐らくずっと前からだったようにも思う。

しかし、歳が離れすぎていた。彼女にしてみれば、自分を揶揄ってばかりの嫌な兄貴だっただろうから、二人の関係はずっと変わらないものだと思っていた。いつか彼女は自分と母に結婚相手を紹介してくるのだろうから、そのときは潔く祝福するつもりでいた。

だから……英利自身は結婚を考えられなかったのだろう。

だが、父が自分達兄弟のどちらかに実家を譲るという話をしてきたとき、期間限定で結婚しようと思いついたし、その相手は新菜しかいないと思った。

まったく……。

無意識というやつは恐ろしいものだ。

自分が結婚したい相手は新菜しかいなかったのだから。

昨日まで……いや、ついさっきまで、この結婚は離婚で締めくくる予定だったし、新菜にはいずれ幸せになってもらいたいと思っていた。今考えれば、そんなことはまったく自分の本心ではなかったと言える。

結局のところ、英利は新菜を罠《わな》にはめたのだ。無自覚のうちに、無理やり騙した形で結婚し、いずれは結婚を本物にしようとしていた。とはいえ、まさかこんなに早くこうなるとは、英利の無意識もまったく想像もしていなかっただろう。

同居二日目にして、もう理性が尽きるとは……。

とはいえ、新菜は自分に応えてくれた。なので、結婚生活はずっとこのまま続くことになる。新菜はそこまで考えているとは思わないが、いずれはそれを承知させてみせる。

そうして……新菜を幸せにする。

英利の頭の中には、その図がすでに描かれていた。

第四章　すれ違いから何かが生まれる

朝になり、目覚ましのアラームが鳴る。

新菜ははっとして目を開けると、カーテンの隙間から陽《ひ》が差し込んでいる。そこは自分の部屋ではなかった。英利の部屋、英利のベッドの中に裸で寝ていた。それどころか、同じく裸の英利がすぐ傍にいる。

あれは夢じゃなかったんだ！

新菜は昨夜のことを思い出し、顔が赤くなってくる。一夜明けた今は頭もすっきりしていて、昨夜のことも冷静に考えられるようだ。

あのままここで寝入ったのはやはりよくなかった。これでは、普通の新婚夫婦のようだ。こんなことをずっと続けていたら、自分の心が勘違いしてしまう。

わたし達は本物の夫婦なんだ、と。

決してそうではないのに。

新菜は起き上がろうとしたが、その前に英利が目を開けて、ヘッドボードにあった目覚ましのアラームを止めた。慌てて新菜は自分の裸身を隠すために布団に潜り込む。

英利は乱れた前髪をかき上げながら、にっこりと微笑んでくる。

見惚《みと》れてしまいそうな微笑みだったが、彼がこちらに身を乗り出してくるので視線を逸らした。

「おはようのキスだけだよ」

彼はそう言うと、新菜の頬にチュッと音を立ててキスをする。

「さすがに平日の朝から襲うような真似はしないよ。安心して」

休日なら朝から襲ってくるのだろうか。彼は新菜を完全に本物の妻として扱う気でいるようだった。新菜はそれをどう正していいか判らなかった。

「僕に裸を見せるのは恥ずかしい？」

「それは……やっぱり……」

「ふーん……まあいいか。僕はシャワーを浴びるから、その間、君は安心して身支度するといい」

彼のほうは身体を隠そうとせず、どちらかというと見せつけるように堂々とベッドから出ていき、悠然と部屋を出ていった。

この関係をどうすればいいのかまだ判らなかったが、朝からそんなことで頭を悩ませている暇はない。新菜は朝食と弁当を作り、会社に行かなくてはならないからだ。

彼が脱衣室のドアを閉める音を聞き、パッとベッドから出た。新菜の下着とパジャマがきちんと畳まれて、ナイトテーブルの上に置いてあるのを見つけ、それを胸に抱えた。新菜はあの行為の後、すぐに寝入ってしまったから、これを畳んだのは彼に違いない。

もう……恥ずかしすぎる！

新菜は顔を真っ赤にしながら、衣類を抱えて自分の部屋へと飛び込んだ。

一度脱いだものを着たくなかったので、新しく下着を出して身に着け、会社へ行く服を手に取る。いつもと同じ服だったが、少しおしゃれをしてみたくなり、スカートだけ英利に買ってもらったものにした。

うん。いい感じ。

鏡でチェックしてみていい気分になる。だが、ゆっくりしている暇はない。歯磨きと洗顔をさっと済ませ、身だしなみを整えると、キッチンへ向かった。

昨夜置きっぱなしにしていたコーヒーカップは片付けられている。英利がしてくれたらしい。そういえば、つけっぱなしだった新菜の部屋の明かりやパソコンも消してあったみたいだ。

後始末をしてもらうなんてことを、家事でお金をもらう者がやってはいけないだろう。とはいえ、昨夜は不可抗力だった気がしないでもない。

ともあれ朝食と弁当作りだ。昨日のうちにメニューを決め、下ごしらえをしておいてよかった。迷うことなくてきぱきと材料を出して、調理していく。

「今日も旨《うま》そうだな」

上着以外のスーツを着た英利がやってきて、ダイニングテーブルの上に並べられた朝食を嬉しそうに眺めた。

「ありがとう。でも、ごく普通の朝食よ。そんなに手間暇かけてないし」

「でも、いつもの僕なら食べずに行くとか、コーヒーとトーストだけとか、そんな感じだったから、やっぱりご馳走だよ」

褒めすぎだとは思うし、少しくすぐったい感じがするが、悪い気はしない。逆にダメ出しなんかされたら、朝から嫌な気分になるだろう。

テーブルに向かい合わせで食事をしていると、新菜はまた昨夜のことを思い出してしまう。こうして離れていれば、キスすることもなかっただろう。キスしなければ、ベッドに行くことにもならなかったのに。

後悔しないつもりだったが、それでも、やはりどこかで悔やんでいるのかもしれない。二人の関係がただ同居しているだけではなくなってしまったからだ。

女性として見てほしかった気持ちももちろんあった。しかし、先のことを考えると、本当にこれでよかったのかと疑問に思う。

そもそも……彼はどう考えているの？

気にはなったが、どうしても自分から訊けなかった。

「……ご馳走様」

彼は立ち上がると、食器をキッチンへ持っていく。新菜はそんなことは自分がすると言ったのだが、彼はそれくらいできるから自分でするとと言うのだ。結局、言い争うのも面倒になり、彼がしたいようにしてもらった。

そんなところも普通の共働きの夫婦みたいで、ビジネスとしての家事が単なる妻としての家事になっていくようで、どうしても気になってしまう。とはいえ、彼が決めたことを新菜が反対するのもおかしな話だ。

この結婚は一から十まですべて彼の決めたことなのだから。

新菜はそのすべてにただ同意しただけだ。こちらに決定権などないのだ。

でも……本当にこれでいいの？

いくら考えても、よく判らない。新菜の頭はまだ混乱しているようだった。

新菜は食べ終わると、弁当のおかずを詰めてキッチンの後片付けをする。それから、化粧を簡単に済ませ、出かける用意をした。

ドレッサーの鏡に映る自分は、なんだかいつもより輝いて見えた。気のせいだとは思うが、なんだか気恥ずかしい。

「準備はできた？　そろそろ出ようか」

頃合いを見計らったように、英利が声をかけてくる。

「あ……もしかしてわたしを待ってた？　会社は別のところにあるんだから、わたしの都合に合わせなくていいのに」

「何言ってるんだ。会社まで送るに決まっているだろ？」

「決まってるって……どうして？　そんな話はした覚えがないんだけど」

「僕が決めたからに決まっているじゃないか」

そうだった。新菜はいつも彼が決めたとおりに動かされるだけだ。マリオネットみたいに操られてしまっている。

それにしても……彼がスーツを着ると、あまりにも格好よすぎて……。

隣に立つ自分がやはり彼にそぐわなく思えてくる。スカートを新品にしただけでは全然足りない。

そんなことを考える新菜とは違い、彼は蕩けるような微笑みを見せてきた。

「いつもより今日は可愛いな」

「えっ……そ、そんなことは……ないと思う……けど」

そんな笑顔で可愛いなんて言わないでほしい。『骨抜きになる』という言葉どおりに、身体中の力が抜けそうになってくるから。

「え、英利くんだって、なかなか格好いいよ……」

お返しにそう言ってみるけれど、彼は軽く受け流した。

「ありがとう。じゃ、出かけようか」

なんだか負けた気がして、新菜は少し悔しかった。でも、彼の素敵な笑顔と自分の引きつった笑みとでは、まったく威力が違うに決まっている。

彼は車で会社近くまで送ってくれた。オフィスの自分のデスクにようやく辿《たど》り着《つ》いたとき、新菜はどっと疲れを感じたのだった。

勤務中はスマホのチェックなんてしないが、昼休みにはしている。

自分のデスクで弁当を広げていると、通知音が鳴った。英利からのメッセージで、弁当の感想が書いてある。

朝食のときも褒めてくれたし、彼はひょっとしたらとんでもなくマメな男なのかもしれない。そう思うと、意外と結婚生活に向いているのではないかと思った。

だって、ちょっとしたことでもお礼を言ったり、褒めたりすることは結婚生活に必要なことだと思うからだ。もちろん新菜も結婚したばかりで、男性と交際した経験さえないのだが、家族と言えども礼儀は必要だろう。

とはいえ、彼は本当の結婚をしたくない人なのだ。向いているなんて言わないほうがいい。

新菜は当たり障りのない返信をした。すぐに可愛らしいスタンプが返ってきて、思わずニヤリとしてしまう。

こんなスタンプを使う人だったのかと思って。

だけど……女性には誰にでもこんなスタンプを送るのかもしれない。自分だけが特別だなんて思い込むと、痛い目を見そうだった。

彼のペースに乗せられてはダメだ。やはりある程度の距離を置かないと、別れるときには失恋したみたいな状態になるかもしれない。

彼にしがみついたりしたくないから……。

なんとか笑ってお別れできるようにしよう。

今朝は英利に車で送ってもらったが、明日からは別々に行こう。幸い今日帰るときは別々だ。彼は少し遅くなると言っていたからだ。

帰ったら……いろいろすることがある。家事もあるし、昨日できなかった在宅仕事も進めておかなくてはならない。今日こそは自分のペースで動こう。

そう決心していた新菜だが、望みどおりに自分のペースで動けたのは、英利が帰宅するまでだった。

彼は帰宅すると、まず玄関のチャイムを鳴らした。

新菜はてっきり自分で鍵を開けて入ってくるものだとばかり思っていたが、チャイムを鳴らされたら出迎えなくてはならない。

ドアを開けると、満面の笑みを浮かべた英利がそこに立っている。

そんな顔をされたら、こっちまで笑顔になっちゃうじゃない！

しかも、彼は出迎えた新菜を抱き締めてキスをしてきた。

本当にもうどうしたらいいのだろう。彼が軽く舌を触れ合わせるキスだけで満足してくれて、新菜はほっとする。舌を絡められたら、夕食どころではなくなっていたに違いない。

「ただいま、新菜」

「お、お帰りなさい……。お仕事、お疲れ様」

「新菜もお疲れ様」

この会話が本物の新婚夫婦みたいに思えてきて、頬が赤くなってくる。ひょっとして、彼は新菜が照れるのが判っていて、わざとやっているのではないかと思ってしまう。

「ご飯、もうできているけど……」

「嬉しいな。でも、あまり無理しなくていいからね」

そんな気遣いをさらっと口にする英利は、いい家庭人になれるだろう。結婚に興味がないなんて、つくづく残念だ。

彼は普段着に着替え、ダイニングテーブルについた。今日は豚の生姜《しょうが》焼きをメインにしたメニューだ。

「今日も旨いな。やっぱり新菜と結婚してよかった」

いつもこんなに褒められたら、ついつい調子に乗ってしまいそうだ。

「英利くん、口が上手いんだから。だいたい里佳子おばさん……じゃなくてお義母さん……の料理を知ってる英利くんからしたら、全然大したことないはずよ。外食だって料亭とかも行きつけなんじゃないの？」

彼の一人暮らしでの食生活はよく知らないが、一介のサラリーマンだった頃ならいざ知らず、今ならファミレスやチェーン店が行きつけということはないだろうと思う。

「僕は正直な感想しか言ってないよ。なんというか……温かい家庭の味という感じが好きなんだ。料亭や高級フレンチに行かないわけじゃないが、それも仕事の一環みたいなもので、普段の夕食は小料理屋の定食とかだよ」

「定食……なの？」

「そうそう。日替わり定食とか」

それは、彼の外見のイメージとはまったくそぐわない。

「しかも、アルコール抜きで。なかなか質素だろう？」

そういえば、新菜の家では誰もアルコールを飲まないので、普通にアルコール抜きの夕食を出していた。

「今更だけど、英利くん、晩酌はしないの？」

英利はふふっと笑った。

「晩酌したかったら、ちゃんと最初の夜に言っているよ。僕は酒が嫌いなわけじゃないけど、日常的には飲まないんだ。頭の働きが鈍るからね」

「いつも家で仕事をしてるの？」

「仕事が趣味……って言ったら面白みがないかな」

彼はそう言って、少し自嘲するように笑った。

「そんなことない！　だって、それは仕事が大好きってことでしょ？　わたしなんかすごく羨ましい。言われた仕事をこなすだけで、楽しいとか好きとか思ったことないし」

それは彼を慰めるためではなく、新菜の本心だった。

「新菜は仕事が好きじゃない？」

「……好きじゃない。でも、生きていくにはお金が必要だから」

「そうか……。じゃあ、新菜の好きな仕事……やりたかった仕事はある？」

唐突にそんなことを訊かれて戸惑ってしまう。将来のことを考える年齢のときには、とにかく家族を守ることで必死だった。お金が稼げるのならなんでもよかったし、興味のあることでも、お金が稼げそうになかったら選択肢に入らなかった。

「そういえば……わたしが高校を辞めて働くと言い出したときも、英利くんは同じ質問をしてきた……」

「あのとき、君は……そんなことを考えてる場合じゃないって言った。君はただ必死で家族を守ろうとしていた。僕と母はそんな君を見て、危うさを感じたんだ。高校中退して働けば、君の将来の選択肢は限られてくる。何年か経って余裕ができたら、君も自分の将来のことを考えられる。そう思って、大学進学を勧めたんだけど……」

結局、新菜はあれからずっとお金のことばかり考えていた。母の体調がよくない時期が度々あったから心配でならなかったのだ。自分のことだけを考えていられなかった。

「ごめんなさい。わたし、大学生のときも余裕がなくて……」

「謝らなくていいよ。せめて君が学費を払わせてくれていれば……と思わないでもないけど。奨学金の返済は今でも大変だろう？」

「学費まで世話になるなんて……！」

確かにそんな話はされたが、申し訳なくて受けられなかった。それでなくても、大金を援助してもらっていたのだ。

「どうせ結婚するなら、あのときしてればよかったのかな。そうしたら、君も心置きなく仕事のことに向き合えていたのに」

彼は本気で言っているのだろうか。新菜は顔が熱くなってくる。

「あ、あのときって……」

新菜が高校を辞める話をしたときだろうか。それとも、大学進学時の頃のことなのか。いずれにしても、当時の新菜は結婚するには早すぎた。

「冗談だよ。あの頃は僕も結婚なんてまったく考えていなかったから。ただ、今考えたら……そういう方法もあったんだなと思うんだ。こうして一緒に暮らしてみたら快適だし。毎日、手料理が食べられて、家事もしてもらえる」

つまり、便利な家政婦というところだろうか。しかも、偽装結婚だったはずなのに、ベッドまで共にしてしまった。

「でも……英利くんには今まで何人もの彼女がいたでしょ？　頼んだら、お料理作りに来てくれたりしたんじゃない？」

「いや、僕は外でしかデートはしない主義だから。手料理が得意なアピールはよくされたけど、どうもそれが苦手でね」

「あ……」

英利は過去のトラウマがあって、女性の計算高い部分が嫌いなのだ。アピールされればされるほど、トラウマが刺激されて逃げたくなったことだろう。

「今まで付き合った人達の中に、いい人もいたでしょうに」

「いたかもしれないけど、そういう気にならなかった。僕にその気があったら、アピールされようが何されようが、家に連れてきたと思う」

確かに彼は自分がしたいことは、何があろうと突き進んでいくタイプだ。それこそ新菜をターゲットにしたときも、恐らくこちらがどれだけ拒否しようが、逃がすつもりはなかったはずだ。

「あ、じゃあ、女の人は誰もここには来なかったの？」

「来てないよ」

なんだ。そうだったのか。

当然、誰かがここに来たことがあると思っていた。料理はしなかったとしても、ベッドは使われていたかもしれない、と。

あのベッド……英利くん以外に寝たのはわたしだけだったんだ……。

そう思うと、彼にたくさんいたであろう恋人とは違い、自分が特別扱いのような気がしてきて、なんだか嬉しくなってくる。

もちろん、特別扱いというわけでもなんでもない。ただ、新菜は彼と暮らしているから、必然的に彼のベッドで抱かれることになっただけのことだ。

「まあ、ともかく、今は結婚しているんだから、このことをいいように利用してほしいんだ」

「利用って……どういう意味？」

急に話題が変わって、新菜は話についていけなかった。

「つまり、仕事のことだよ。金のために興味のない仕事をしなくても生活はしていける。それなら、君はどんなことがしたい？」

彼は話を元に戻しただけだったようだ。利用なんて言いだすから、何事かと思ってしまった。

どんなことがしたいのか……と改めて考えてみたものの、上手く思いつかない。

「家族を助けること以外、全然思いつかないわ」

「……今まで新菜の頭の中にはそれしかなかったんだろうな。でも、この機会に考えてみるといい。いずれ衛君は大人になるし、美香おばさん……いや、お義母さんだって、新菜がいつまでも自分に縛られることを望んでいないよ。一人の女性として幸せになってもらいたいと願っているはずだ」

自分の幸せなんて今まで考えたこともない。家族が幸せになれば、自分も幸せだと思っていた。いや、そう思い込んでいたのかもしれない。

たとえば、衛や母が自分を必要としなくなったとしたら……。

そのとき、新菜には何も残されていないことになる。想像してみたら、すごく怖くなった。自分の基盤が自分以外の誰かにしかないとしたら、それはとても恐ろしいことだ。

そういう意味では、今までのわたしは家族に依存していたのかもしれない。

「わたし……考えてみる」

そう答えたら、英利は柔らかく微笑んだ。

「うん。そうしたほうがいい。新菜のためになる」

彼がこれほどまでに新菜のことを考えてくれるのは、彼自身に余裕があるからなのだろう。新菜は自分の求める道すら見えていない。

「英利くんの幸せは……なんなの？」

今こうして結婚生活を送っているのは、彼の母親のためだ。とはいえ、それは彼の目的のひとつに過ぎない。きっと会社のことも大事だろう。他には何かあるのだろうか。新菜はそれを聞いてみたかった。

「……僕の幸せはね、自分が満足できる生活を送ることだ。そのためには、これから、いろいろなことをクリアにしなくちゃいけないと思ってる」

なんだかよく判らない答えだ。ひょっとしたら、彼はわざと新菜を煙《けむ》に巻くような答えを口にしているのかもしれない。

つまり、わたしには教えたくない……？

そう思うと、胸がズキンと痛む。

いや、新菜はかりそめの妻に過ぎない。本物の妻ではないし、恋人というわけでもない。彼の目的のために一時的に結婚生活を送っているだけの関係だから、本当のことを教えてもらえなくても仕方がない。

それが判っていても、やはりなんだか悲しい。部外者扱いされた気がして。

「ふーん……そうなんだ？」

新菜は落ち込んだのを悟られないように、なんでもないような返事をした。

それにしても、彼の言葉ひとつで、自分の気持ちが変化してしまうことが腹立たしい。彼にすべてを操られているような気さえしてしまう。

そんなのは絶対嫌なのに。

それに……彼とは距離を置くべきだ。一緒に暮らさなくてはいけないし、家事のこともあるから、ある程度の接触は仕方ない。けれども、昨夜みたいなことが何度もあったり、それが当たり前みたいになってしまったら、距離は保てない。

距離が近ければ近いほど……接触が多ければ多いほど、彼に影響を受けてしまう。そして、彼と離れることが難しくなってくるだろう。

それこそ、今度は彼に依存することになってしまうかもしれない。

それは……よくない。

もちろん彼の言動すべてを否定するわけではない。さっきの幸せに関しての話にしても、新菜のためを思って言ってくれたことだ。

だけど、彼の心には新菜が立ち入れない部分があるのだ。それなら、こちらからも壁を築いていかなくては。

そうしないと、取り返しがつかなくなる。

なんだかそんな気がした。

「とにかく、わたしの料理は英利くんの気に入ってもらえてるってことね。あと、家事の腕前も」

「そうだよ。だから、本当に結婚してよかったと思っている」

「それで……思うんだけど、昨夜のことはやっぱり間違いだってことに……しておきたいのよ」

新菜が躊躇いながらそう言った途端、英利の表情が一瞬にして変わった。今の今まで笑顔だったのに、その笑顔が凍りついたようになったのだ。

なんか怖い……。

そう思ったものの、口にしてしまった以上、自分の考えをちゃんと伝えなくてはいけない。だけど、彼の顔が怖すぎて、口が上手く動かなかった。

英利は再び笑顔になる。しかし、その表情は今までとは違って、どこかよそよそしい冷たく見える笑顔だった。

「……間違いって、どういう意味かな？」

彼はゆっくりとそう尋ねてくる。

新菜は勇気を振り起こして口を開いた。

「だ、だって……わたし達の関係って、期間限定の契約結婚でしょ？　わたしは借金チャラと生活費タダで入籍同居し、なおかつ、お給料をもらって家事をする。それだけの約束だったはずだから……」

「ああ、つまり、ベッドの相手を務めるなんて約束してないってことかな？」

「そ、そうよ……」

彼が怒っているのが判る。しかし、彼に押し切られたら、離婚するときに自分の心が壊れてしまうかもしれない。

ああ、でも、どうしてご飯を食べながら、こんな話を始めてしまったんだろう。もっと落ち着いて話せたらよかったのに。

いや、落ち着いた雰囲気になると、昨夜みたいにキスされて有耶無耶《うやむや》にされるかもしれない。夕食の最中だからこそ、彼は席に座ったままでいるのだ。だから、この選択は正しいはず。

「新菜……。ひとつ訊きたいんだが、君はどうして僕に抱かれたんだろう？」

「……な、成り行き、みたいな……？　つい雰囲気に流されて……」

「ふーん。流されただけで、処女を僕に捧《ささ》げてしまったんだ？　意外と軽いんだね？」

彼はわざと意地悪な言い方を選んだ。その言葉が新菜を傷つけると判っているはず。

新菜はカッとなって思わず言い返した。

「あれは、英利くんがわたしに触れてきたり、キスしたりするから……！　仕方ないじゃない！　男の人に全然免疫なんかないんだから！」

「初めてなのに、すごく感じていたね。あんなに気持ちよさそうにしていて、今日はもう後悔してる？」

「そ、そうよ……。だって、わたし達、そういう関係じゃないもの。雇用している相手にあんなことをしたらセクハラなんじゃないの？」

セクハラなんて言い過ぎだ。でも、彼のほうだって言い過ぎている。すごく感じていたなんて言われたら、何か言い返さずにはいられなかった。

「ほう……。あれは単なるセクハラだったか。それなら、僕はもっとビジネスライクな接し方をするべきなのかな？」

「……それがいいと思うわ」

ビジネスライクな接し方をされたら、きっと淋しいだろう。けれども、そうしないと、普通の距離を保てない。彼が優しい言葉と笑みを投げかけてくれたら、心が揺れ動くから。そうしたら、また間違いが起きてしまう。

新菜は心と身体を別々にできないのだ。今でさえ、彼に心が傾いているのに、何度もベッドを共にしたら、いよいよ彼から離れられなくなってしまいそうだった。

そんなの……嫌。

でも、本音を言えば、彼によそよそしくされるのも嫌なのだ。

「判った。じゃあ、たった今からそうするね」

英利の顔からスッと表情が消える。そして、黙々と残りのご飯を食べ始めた。

完全に彼を怒らせてしまった。彼とは何度も口喧嘩したことがあるが、半分じゃれ合いみたいなもので、本気で喧嘩《けんか》したことなど一度もない。

だから、こういう冷たい態度を取られたことなどなかった。

結婚の期間中、彼はずっとこんな態度を続けるつもりなのだろうか。さすがにそれはつらい。ある程度の距離は取りたいものの、同居しているのにこんなふうだと、新菜だけでなく、英利のほうも神経をすり減らしてしまうと思う。

きっと、時間が経てば、ここまでのよそよそしさは消えるはず……よね？

うん。きっと、元の関係に戻るはず。

新菜はそう思い、気を取り直して食事を続けた。けれども、食欲が急になくなったようで、なかなか食が進まない。その間に、彼は無言のまま一人で夕食を済ませた。

「ご馳走様。後はよろしく」

彼はそれだけ言うと、席を立った。そして、ダイニングをさっと出ていく。

一人残された新菜は、食べ終わった食器を見つめた。朝までは、自分の食べた食器をキッチンに運ぶことくらいしてくれたのに。

でも、家事はわたしの仕事だから……。

そうよ。これが当たり前のことよ。彼が食器を運ぶことのほうがおかしいんだから。

けれども、何故だか胸の奥がズンと重くなってくる。彼の優しさが自分に向けられなくなったことが、意外と堪《こた》えるのだ。

しかし、自分がそうしてほしいと願ったのだから、落ち込むのは間違っている。これからは、自分も仕事として彼をきちんとサポートすればいいだけだ。

いつまでこんな結婚生活を続けるのか判らないけれど……。

ずっと彼の態度がこのままだったらどうしよう。

新菜は少し気が遠くなりながらも、自分が決心したことを全うしようと思った。


英利がよそよそしくなって三日経った。

今も彼はよそよそしい態度のままだった。あの日の翌朝、新菜は一応、弁当を作った。彼はちらりとそれを一瞥《いちべつ》して『明日からはもう作らなくていい』と言ったのだった。そして、二人は本当にビジネスライクな関係になっていった。

彼は笑顔を見せてくれる。でも、あくまでそれは『他人用の笑顔』なので。それまで新菜に向けてくれていたのは、身内用の笑顔だったのだと判るくらい、完全に心を許してもらっていない。

もしかして、わたしは彼を傷つけてしまったの？

あれくらいで傷つくはずないと思いながらも、彼の態度がまったく変わらないと、なんだか不安になってくる。

それに……。

あの日以来、彼はまっすぐ帰宅してくれなくなってしまった。

そう。今日だって、会社にいるとき彼からメッセージが届いた。『今日の夕食はいらない』というだけのメッセージが。

いや、いつも彼が早く帰宅してくれると思っていたわけではない。仕事の関係で遅くなることもあることは判っている。接待みたいなものだってあるだろう。そのときに家で食事はしないはずだ。でも、あの日は違っていた。新婚夫婦みたいに新菜の作る夕食を待ちきれない様子で帰ってきて、玄関でキスまでしたのだ。

あれがずっと続くと思っていたわけではないはずなのに。

一人で夕食を作って、一人で食べて、一人で片付けて……。

それがとてつもなく淋しい。彼は帰宅しても、挨拶するだけで後は知らんふりだ。お互い部屋に閉じこもって会話もない。

こんな結婚生活は考えてなかった。新菜が考えるのは、結婚前みたいに顔を合わせば軽口をたたき合うみたいな気軽な関係だ。

でも……もうそれは期待できないの？

もし、あの日、自分がビジネスライクな関係でいたいなんて言わなければ……。

そう思ってしまう。だけど、一度口に出したことは覆らないし、言わなければ伝わらなかった。そして、伝わらなければ、あの甘い新婚生活の続きをしていたかと思うと、やはりあれは正しかったのだろう。

だって、愛し合って結婚したわけでもないのに、あんなふうに偽りの新婚生活を送るのは、それはそれでつらい。

彼が少しでもわたしのことを本当に好きでいてくれるなら、そんなにつらくはなかったのに。

だけど、二人の関係は元からそうではない。兄妹みたいな気安い関係に戻れないのなら、ビジネス関係でいたほうがマシだ。

ずっとそう思っているのに、何故だか心が重たい。

英利がいつまで新菜とほとんど顔を合わさない生活を続けるのか判らないが、土曜日には両家の食事会があり、彼の父親や弟の譲治と会わなくてはならない。こんな状態で、二人は仲良く暮らしているという印象を与えることができるのかどうか不安でもある。

彼はいつものように演技をするのかもしれないけれど……。

わたしは彼のようには上手く演技ができない気がする。

新菜は今日も一人で夕食を食べた。平日には買い物にあまり行けないことを考えて、休日に二人分の食材をあれこれ買い込んでいたから、冷凍できなかった食材を消費することだけを目的に作った夕食だ。

お弁当もいらないって言われたし……。

いっそ朝食に肉でも出してやろうかと思ってしまう。とはいえ、実際に出してたとしても、彼はちらりと一瞥した後、何も言わずに淡々と食べて出かけてしまうのだろう。それでは、嫌がらせにも何もならない。

彼がせめて挨拶以外の言葉を発してくれればいいのに。

淋しい食事を終えると、黙々と後片付けをする。一人分だから食洗機を使うのももったいない。

手洗いで済ませて、スマホを見る。

彼からのメッセージは何もない。

一体いつ帰ってくるのか……。

先に風呂に入って寝ていてもいいと、昼間もらったメッセージに書かれていた。それなら、かなり遅くなるということだろう。

彼はどこで何をしているの……？

食事は定食で済ませるなんて話をしていたが、遅くまで帰らないということは、どこかで何かをしているということだ。

もしかして女の人と会っているのかも。

そんな考えが頭に閃《ひらめ》いてしまって、新菜は慌てて打ち消した。しかし、打ち消せば打ち消すほど、その考えが頭にこびりついて離れなくなってしまう。

だって、彼が新菜を誘惑して抱いたのは、きっと手近にいたからなのだ。結婚しているし、一緒に住んでいるし、都合がよかったから。

だけど、新菜に拒まれたのだから、他の女性に誘いをかけてもおかしくない。

だとしたら、彼がなかなか帰ってこないのも判るというものだ。

そうよ。別にわたしじゃなくても、彼の誘惑に乗る人はたくさんいるはず。結婚していても関係ないと思う人だっているだろう。

そもそも、この結婚は形だけのものなんだから。

わたしに彼を止める権利だってない……。

そう思うと、胸がギュッと締めつけられるような気がした。

ふと、彼に抱き締められたときの温もりを思い出す。キスされて心地よかったことや、彼と深く繋がっていたときの感覚が脳裏に甦ってきた。

どうして今、彼はここにいないの？

心が痛い。本音を言えば、淋しくてたまらない。

認めたくないけれど、英利から突き放されたようでつらくてたまらなかった。

ああ、でも、仕方ない。彼を先に突き放したのはこちらのほうだ。距離を置きたがったのもこちらなのだ。彼が帰ってこないからといって、文句を言う資格はまったくなかった。

たとえ彼が外で浮気していたとしても……。

新菜は気を取り直して、先に風呂に入った。彼が帰ってくるのは何時になるか判らない。待っていても、時間を持て余すだけだ。

それでも、いつ彼が帰ってくるか気になってしまい、ゆっくり浴槽に浸かることもせず、手早く入浴を済ませた。そして、髪を乾かしたところで、突然インターフォンのチャイムが鳴り響いた。

ドキッとして、慌ててインターフォンの画面を見る。

一瞬、英利かと思ったが、そんなはずはない。今の彼はドアチャイムを鳴らさずに、自分で鍵を開けて入ってくるからだ。それに、鳴ったのはオートロックのチャイムだった。

画面を見ると、一人の男性が映っている。というか、ここに来るべきでない人が映っていた。

「……譲治くん？」

彼は英利の弟である譲治だった。

『ああ、新菜さん？　ちょっと近くまで来たから寄ったんだけど、お邪魔だったかな？』

そんな理由で仲の悪い弟が連絡もせずに新婚家庭を訪問するだろうか。しかも、土曜には食事会で顔を合わせるはずなのに。

直感的に、彼はこちらの様子を探りに来たのだと思った。彼らの父親が実家を譲る話をした途端、英利が結婚したから、彼は偽装結婚じゃないかと疑っているに違いない。

「えっ、あの、英利くんは仕事でまだ帰ってないの」

「そうなんだ？　じゃあ、お祝いを持ってきたから、少し待たせてもらっていいかな？」

ここで断ると、彼の疑いを強めてしまいそうだ。

「じゃ、じゃあ、どうぞ」

新菜はオートロックを外し、大急ぎでパジャマから普段着に着替えた。

そうだ。英利に連絡しなくては。彼の弟のことなのだから、嘘が得意な彼がなんとかするべきだ。

メッセージで『譲治くんが来た。追い返せないから入れたけど、どうしよう』と送ると、即座に『すぐ帰る』と返信が来た。

さすがの英利も、弟の急な訪問には対処してくれるようだ。

よかった……。ここで放置されでもしたら、一人で譲治に対峙《たいじ》しなくてはならないところだった。

ドアチャイムが鳴ったので、新菜は息を長く吐き、落ち着いてドアを開けた。そして、にっこりと笑顔を作る。

「いらっしゃい。譲治くんがわざわざここに来てくれるとは思わなかったわ」

そうよ。兄弟仲は最悪なのに。

しかも、新菜とも仲がいいわけでもなんでもない。小さいときから知っているとはいえ、顔を合わせたときに挨拶するくらいだ。二人きりで話したこともなかった。

「ああ、ごめん。食事会はもうすぐなんだけど、お祝いを早く渡したくて」

譲治もニコニコとしているが、明らかに作り笑顔だ。眼差しは鋭く、新菜の様子を観察しているようだった。

彼は長身の痩せ型で、やや猫背で黒縁の眼鏡をかけている。イケメンではあるものの、英利とは顔形は似ていない。しかし、醸し出す雰囲気は何故かどことなく似ている。笑っているのに、まったく油断ならないところなんてそっくりだ。

嫌い合っているのに似ているなんて、おかしな兄弟だと思う。

新菜は彼をリビングに通した。

「英利くんはもう少ししたら帰ってくると思うけど……。あ、ご飯は食べた？」

「済ませてきたよ。新婚さんが仲良く食事をしているところを邪魔しちゃいけないと思って。まさか、まだ帰ってきてないなんて思わなかった。……新婚なのに」

最後の一言が嫌味に聞こえる。いや、紛れもない嫌味だ。本当は新婚なんかじゃないだろうと言いたいのだろう。

「新婚でも、お仕事は待ってくれないだろうから。よければコーヒーでもどう？」

「じゃあ、いただくよ」

譲治をソファに座らせて、新菜はキッチンへ向かった。コーヒーメーカーのセットをしていると、いつの間にか彼もキッチンまで来ていた。

「あいつの分の夕食はないんだ？」

彼は片付けられたダイニングテーブルを指差して訊いてきた。

「え……と、会食だかがあるから、今日の夕食はいらないって」

「へぇー……。可愛い奥さんが待っているのに、仕事熱心なんだな。俺なら早く家に帰ることを優先させるなあ。だって、あいつ、社長だろう？　融通利かせようと思えばできるんじゃない？」

とにかく彼は英利と新菜の関係を疑っていて、粗《あら》を見つけ出そうと揺さぶりをかけているみたいだ。

「さ、さあ。わたしはよく判らないけど、社長じゃないとダメな場合だってあるんじゃないかな」

実際、新菜には英利の会社のことなんて判らない。確かに一般社員に比べれば、融通は利きそうな気はするが、そう答えるしかなかった。

「浮気じゃないといいね。……あ、ごめん。不安にさせたかなあ。新婚さんだから、それはないよな」

チクチク嫌味を言ってくる譲治が鬱陶しい。仲が良くない兄弟だけれど、こういうところもよく似ている。

新菜は作り笑顔でリビングのほうを手で示した。

「どうぞあちらでゆっくりしていて。すぐにコーヒーできるから」

「お邪魔だったかな。一人でソファに座っていてもつまらないから、つい……」

「テレビつけてもいいわよ」

「テレビは見ない主義なんだ」

ああ言えばこう言う。新菜は溜息をつきそうになったが、なんとか堪えた。作り笑顔のままコーヒーカップの用意をする。

「それで、新菜さん。あいつといつから付き合っていたんだ？」

「わたしが大学卒業するときにお祝いで食事に連れていってもらって……それからなんとなく……」

前から英利と決めていたとおりに話した。

「昔は仲悪そうに見えたけど、まさか結婚とはねえ」

「……それって、わたしが子供のときの話でしょう？」

「そういえば、ずいぶん歳が離れているね。あいつ、ロリコンだったのかな」

「だから、付き合い始めたのはわたしが大人になってからなの」

「じゃあ、新菜さんが大人になるのを待っていたってことかも」

譲治が年齢差のことに食い下がってくるので、新菜はカチンときた。

「わたしの旦那様のことを変なふうに言うのはやめてくれない？　年齢差がある夫婦なんて、そんなにめずらしくもないでしょ？」

いや、めずらしいかもしれないが、二十も三十も離れているわけではないのだから許容範囲内だと思うのだ。

「俺の目には君達は兄妹みたいに見えていたんだ。それなのに急に結婚するから、本当に夫婦なのかって疑いたくもなるだろう？」

「本当に夫婦です！」

そう言い返してみて、なんだか頬が火照るのを感じた。彼に抱かれていなければ、とてもこんなふうには言い切れなかったはずだ。

「……そこまで言うなら、そうなんだろうね」

彼は何か思い出したみたいに、持って来た紙バッグから包みを取り出してダイニングテーブルの上に置いた。

「忘れそうになっていたけど、これは結婚祝いだ」

「あ……ありがとう」

さんざん疑っておいて、いきなりプレゼントを出してくる。新菜は彼が本当は何をしたいのか判らなくなってくる。

ううん。それが彼の手なのよ。

油断させたかと思うと、ガブリと噛《か》みついてくる。英利も同じような手を使うことがあるから、よく判っている。

「開けてみて」

「せっかくだから、英利くんが帰ってきてからにするわ。二人で開けたいの」

まるでラブラブの新婚家庭を連想させるような言い方をしてみた。どうせ英利と新菜が偽装結婚しているなんて証拠は、彼には探せないはずだ。

話しているうちにコーヒーができたので、カップに注いで、リビングのほうに持っていく。

「こちらにどうぞ」

譲治もやっとリビングのソファに座ってくれて、新菜はほっとする。けれども、英利が帰ってこないと、新菜が引き続き彼の相手をしなくてはならない。

ああ、早く帰ってきて！

もう曖昧な言葉で腹の探り合いをするのも疲れてしまった。新菜はコーヒーに口をつけると、改めて譲治に目を向けた。

「あの……正直言うと、譲治くんは英利くんとあまり仲がいいとは言えないと思うんだけど……」

「そうだね。愛人の子供だから仕方ないと思うよ」

彼はあっさりとそんなことを口にする。

新菜は里佳子と英利のことをよく知っているから、譲治やその母に対していい感情は持っていなかった。しかし、不倫の関係だった彼の母親はともかく、彼自身はなんの罪もないのだ。それこそ子供の頃に母親を失って、父親の実の家族と暮らさなくてはならないなんて可哀想だ。

それでも、英利や里佳子が複雑な感情を抱くのも当たり前の話だろう。新菜はどうしても英利側の気持ちに傾いてしまうのだ。

「譲治くんはどうして英利くんの住んでいるところを知っていたの？　ここに来たのは初めてなんでしょう？」

「知らなかったが調べるという方法がある。あいつが家を出たとき、行先なんて聞かなかったし、向こうも俺の住所なんて知らないはずだ。何事もなければ、そのままだったと思う。だけど、急に結婚されたら何がどうなったのかって気になるじゃないか。ねえ、新菜さん。本当のところ、二人の結婚生活はどうなんだ？」

譲治は再び作り笑いを顔に貼りつけた。新菜が英利の不利になるようなことを言わないと判っているだろうに、しつこく訊いてくる。

「普通の新婚家庭よ」

「でも、ここはあいつが元々住んでいたところなんだろう？　結婚するなら新居に引っ越ししたくならない？」

「ここはいいマンションよ。それに、わたしもここに慣れているし」

いかにも、付き合っていた時に何度もここに来たことがあるような含みを持たせる。

「まあ、いい部屋だよね。よかったらお部屋拝見とか……」

「それは恥ずかしいから……」

彼にしてみれば、全部の部屋のドアを開けまくって覗《のぞ》いてみたい心境だろう。彼が勝手にそうしたらどうしようと思っていたが、さすがに許可も得ずにそうしようとは思っていなかったようだ。

新菜はそのことにホッとする。

「譲治くんはお仕事のほうはどうなの？」

「いい感じでやっているよ。独立心旺盛な『お兄様』とは違って、父親の会社で働かせてもらっている身だけど、おかげで順調に出世もできている」

「息子なんだから、お父さんの会社で働いてもいいんじゃない？　英利くんはお父さんのことが嫌いだから……」

「それも俺のせいだけどね」

譲治の顔が暗くなり、新菜は余計なことを言ってしまったと思った。元々仲の悪い兄弟の間に入って、かき回すのはよくないかもしれない。

よかれと思って言った言葉が相手を傷つけてしまうこともある。

それにしても、今まで譲治に対してはなんとなく悪感情があるというくらいだったが、話していくとだんだん同情めいた気持ちになってくる。

でも、これはよくないわ。わたしは英利くんの妻なんだから。

英利が彼を嫌っていることが判っていて、彼の味方なんて到底できない。彼は新婚家庭の嘘を見抜くためにやってきたのであって、新菜の敵みたいなものだ。気を許してはいけない。

新菜は緩みそうになっていた気を引き締めた。

そのとき、ドアチャイムが鳴り響いた。新菜はビクッとして立ち上がる。

やっと英利が帰ってきた！

「ちょっと待っててね」

新菜は玄関へ急いで行き、ドアを開けた。すると、いきなり英利の笑顔が目に飛び込んでくる。

え……？

このところ見ていなかった本物の笑顔だ。戸惑っていると、彼は新菜を軽く抱き締めて、唇に軽くキスをしてくる。

「ただいま、新菜」

「あ……ああ、お帰りなさい」

そうだ。これはお芝居だ。譲治に見せるための。

そう思うと、ほんの少し喜んだ気持ちがたちまち萎《しぼ》んでいく。だけど、譲治の前ではお芝居を続けなくてはならない。そうして、さっさと帰ってもらわなくてはならないのだ。

「お仕事、遅くまでお疲れ様」

新菜も顔が引きつりながらも笑顔を彼に向けた。

「うん。なかなか大変だった。……譲治はまだいるのか？」

「リビングのほうに……」

二人で仲のいいお芝居を続けながらリビングに向かう。譲治はソファに座ったままで英利に挨拶した。

「やあ、兄貴。お邪魔しているよ」

英利は冷たい眼差しを譲治に向けながら、ネクタイを少し緩める。

「連絡もせずに、どうしていきなり来たんだ?」

譲治は作り笑顔で応戦する。

「連絡先なんて交換してないからね。それに、突然お邪魔したほうが、二人の結婚生活の実態が見えるかなって思ったんだ」

英利の眉がピクッと動く。

「実態とは?」

「説明するまでもないだろう? あんたらの結婚は見せかけだけなんじゃないかって、抜き打ち検査に来てやったんだよ」

英利はふーっと溜息をつくと、新菜の肩を抱いた。

「僕と新菜の結婚のどこが見せかけだけだって言うんだ?」

「新婚なのに、新妻の手料理も食べずに仕事三昧」

「忙しいときはどうしたってそうなるだろう? 家庭を守るには仕事も大事にしないといけない。

……独身のおまえにはまだ判らないか。まあ、そうだよな」

英利が馬鹿にしたように言うと、譲治はムッとしたみたいだった。

「新菜さん、可哀想に。こんな嫌味な奴と結婚してしまって。早く別れたほうがいいぞ」

「余計なお世話だ。これから僕達は仲良くするから、おまえはさっさと帰れ」

「ああ、帰るさ。あんたと同じ空気なんか吸いたくないからな」

譲治は席を立ち、新菜にだけ少し笑って手を振った。

「新菜さん、コーヒーありがとう」

「あ……いえ。こちらこそプレゼントをありがとう」

「新菜に話しかけなくていいから、早く帰れ」

英利は新菜の肩を抱いたまま、譲治を玄関のほうに追い立てた。譲治は苦笑いしながらドアの向こうに消えていく。

新菜は肩の力が抜け、ふーっと溜息をついた。と同時に、英利の手が新菜の肩から離れる。

あ……もう終わりなんだ?

譲治に見せるためだけにラブラブの新婚夫婦を演じていただけで、元のビジネスライクな関係に戻るということだ。

新菜の胸の中がスッと冷たくなったような気がした。

英利はドアをロックして、小さな溜息をつく。

「今日は仕方なかったが、今度からあいつが訪ねてきても無視するんだ」

「でも……」

「インターフォンに出なければいいだけだ」

確かにそうだ。居留守を使うのはあまり好きじゃないが、今日みたいに嘘をつき続けてお芝居するのも嫌だ。

「ごめんなさい。わたしが譲治くんを部屋に入れちゃったから、帰ってこなくちゃならなかったんでしょう？　えっと……お仕事はもういいの？」

嘘か本当か知らないが、彼は帰りが遅くなるのは仕事のためだと言っている。新菜は彼を無理に呼び戻した形となっていた。

「……ああ。とにかく僕が言いたいのはそれだけだ」

彼は新菜の傍からスッと離れていく。

これから彼は自分の部屋に入り、スーツを脱いで入浴して、その後は自室で過ごしてから寝るだろう。

当然、わたしと話す時間はない。

結婚は見せかけだけで、二人は本物の夫婦なんかじゃない。契約として新菜はここで暮らし、家事をするだけで、彼は雇い主みたいなものだ。だから、夫婦としての時間を共有する必要もない。新菜自身がビジネスライクにいきたいと言ったのだから、確かに望みどおりなのだ。

でも……。

新菜はさっき英利が帰ってきたとき、抱き締められてほっとした。キスされて嬉しかった。肩を抱かれて、なんだか元に戻れたような気がした。

だけど、彼はまた新菜を突き放そうとしている。人前でなければ、そういう態度を通そうとしているのだ。

時間が経てば、いつかまた軽口を言い合うような関係に戻れると思っていたけど、彼はそういうつもりはないのだろう。

だったら、わたし達ずっと……？

同じ場所で暮らしながら、突き放され続けてしまうの？

そんなの……嫌！

新菜は思わず彼の後を追って、彼の寝室に足を踏み入れた。すると、気配に気づいて、クローゼットを開けていた彼が振り向く。

「……何か用事？」

新菜に向けられるのは冷たい眼差しで、なんだか怯《ひる》んでしまう。

でも、何も言わなければこのままだ。

「え、英利くん……その……わたし達……」

そう言いかけて、やはりそれ以上は言えなくなった。今まで、子供の頃から知っていた彼が素だと思っていた。けれども、もしかしたら、今の彼のほうが素なのかもしれない。

人を寄せつけないような彼が……。

「用がないなら、出ていってくれ」

英利は新菜に背を向けて、スーツの上着を脱いだ。ネクタイを外し、シャツのボタンを上から外し始めている。

別に、わたしは彼の着替えを見たいわけじゃないのに。

「……待って！」

新菜は咄嗟《とっさ》に彼の後ろから腕を押さえた。

「わたしの話を聞いて！」

「それなら、早く言えばいい」

「ビジネスライクって言っても、こんなにわたしを突き放さなくてもいいじゃない！」

新菜は兄妹みたいだった二人の仲さえも壊れてしまったことが悲しかったのだ。それに、前みたいに自分に関心を示してくれないことも悲しい。

ううん。本当は前みたいに触れてほしい。キスしてほしい。

ただ、いずれ別れるなら、そんなことは望まないほうがいいこともよく判っていた。だから、せめて妹のままでいさせてほしかった。

「新菜……。僕がどうして君を突き放しているのか、その理由が判らないのかな？」

「え……？　えーと……わたしがビジネスライクにとか言ったから？」

「僕がもう元には戻れないからだよ」

どういう意味なのだろう。新菜が戸惑っていると、彼は腕を振り払って身体ごとこちらを向いた。

彼はさっきとは違った厳しい眼差しを向けている。

「英利くん……」

「一度抱いたら、君が望む兄妹の関係には戻れない。僕は兄じゃない。……男だ。君が距離を置きたいと言うなら、徹底的に避けるしかない」

新菜は目を見開いて、彼の苦しそうな表情を見つめた。

彼の言いたいことがやっと判った。彼のことをまだ兄みたいに思っていたから、元の気楽な関係に戻れると思ってしまっていた。だけど、たとえば友達同士だったとしたら？　あんなことがあって、元に戻れるはずがない。

しかも、一緒に暮らしているのだから、徹底的に避けられるのも当然なのだ。

「ごめんなさい……」

そう言いながらも、新菜は彼の顔から目が離せなかった。

最悪でも、今の関係を離婚するまで我慢すればいいと思っていたけれど、そうではない。もう二度と彼と気楽な関係に戻れることはないのだろう。

そう思うと、この場から立ち去れなかった。

新菜の頬にすーっと涙が流れ落ちていく。

彼は新菜の頬に手を当て、指で涙を拭いた。

「君が選ぶんだ。今すぐ自分の部屋に逃げ込むか、それとも僕とここにいるか……」

いずれは別れる運命だ。自分の部屋に逃げたほうがいいと判っている。

だけど、どうしてもそちらを選べなかった。

「わたし……ここにいたい……」

うつむいて、か細い声で訴える。すると、すぐさま抱き締められた。

英利の腕の中はやはり心地いい。その温かさや力強さにうっとりしてしまう。どんなに遠ざけようとしても、新菜ももう彼から離れられなかった。

「新菜……これでいいんだね?」

「うん……」

新菜は彼の背中に腕を回した。

離婚するときになったら、そのとき思う存分、落ち込んで泣けばいい。そのときが来ていないのに、苦しい想いはしたくなかった。

運がよければ、それまでに彼のことが嫌いになっているかもしれない。

でも、今はまだ彼のことが嫌いではないし、彼の腕の中で安らいでいたい。本当の奥さんみたいに甘やかされたい。

「もうセクハラだなんて言わない？」

「うん……言わない」

「じゃあ……」

新菜は彼に抱き上げられた。

「あ、ちょっと……」

そのままベッドに下ろされて、両手を押さえられた。彼の整った顔が間近に見えて、ドキッとする。

彼は新菜に蕩けるような笑みを見せてきた。途端に、甘い痺れが身体を通り抜けていく。

ああ、わたし、こんなふうに笑いかけてもらいたかったんだ……。

顔が限界まで近づいてきて、新菜は目を閉じる。唇が柔らかいものに覆われて、たちまち新菜は陶酔感に溺れた。

胸の奥に熱いものが込み上げてくる。

泣きたいくらいに嬉しい。

わたし……いつの間にか彼のことがこんなに好きになっていたんだ。

自分でも信じられないけれど、彼のキスを待ち焦がれていたのが判る。舌が口腔《こうこう》内に侵入してくると、自分のほうから舌を絡めにいってしまう。恥ずかしいけれど、どうにも我慢ができなかったのだ。

もしかして……元に戻れなかったのはわたしも同じだったの？

それに気づかずに、距離を置こうとあがいていたのかもしれない。

唇が離れても、身体はまだ陶酔感に包まれている。新菜は自分の唇を指でなぞる彼のことをぼんやりと眺めていた。

「新菜は僕のものだね？」

「え？　う、うん……？」

どういう意味の確認なのか、よく判らなかったが、あまり深い意味はないのかもしれない。何やら含みのある言葉のようにも思えたけれど、とりあえず同意した。

「じゃあ、僕の頼みを聞いてくれるね？」

「……え、何？」

いきなり無理難題を吹っ掛けられそうな気配に、少し警戒してしまう。

「大丈夫。無茶なことは言わない。僕達の絆《きずな》を確かめたいだけだ」

わたし達の絆……？

それは一体何？

英利は新菜の手を取り、指先にチュッとキスをした。

「あ……」

胸の奥がキュンと甘く疼く。

「服を脱いでみて」

「えっ、えっ？　ど、どうして？」

「ここ数日、新菜のせいで僕は我慢を強いられた。こんな些細《ささい》なお願いくらい聞いてくれるよね？」

「ええー……」

そんなことを言われても、彼の目の前で脱ぐなんて恥ずかしい。いや、もうすべてを見られているのだし、今更かもしれないが、それでも恥ずかしいものは恥ずかしいのだ。

「僕も脱ぐから。これで平等だろう？」

彼はそう言いながら、身体を起こしてシャツのボタンを外し始める。

「ちょ、ちょっと待って！　せめてあの煌々《こうこう》とついている照明を落としてくれないと。この間は……ベッドサイドの灯りだけだったし」

「仕方ないな。今日だけ特別だよ」

彼は本当に仕方なさそうにベッドサイドのほのかな灯りだけにした。そうして、再び服を脱ぎ始める。

やっぱり恥ずかしい……。

だけど、脱がないと、彼は許してくれそうになかった。結果的に、この数日間、新菜は彼を振り回したことになるのだし、そのお詫《わ》びもある。彼の前で服を脱ぐことが絆になるかどうかは謎だったが、グズグズしていると、先に脱いでしまった彼にじっくり見物されてしまいそうだ。

こうしている間にも、彼はさっさと脱いでいる。新菜も上半身を起こして、思い切って前開きのワンピースを脱いだ。すると、それだけで、もうブラとショーツだけになってしまう。

「今日はストッキングも穿《は》いてないんだ？」

「だって、お風呂上がりに譲治くんが来たから慌ててたのよ」

「お風呂上がり……か。いけないいね。夫以外にそんな無防備な姿を見せるなんて」

彼はそう言いながら、新菜の胸のふくらみをつついた。新菜は思わず胸を両手で隠す仕草をする。

「む、無防備って……裸足《はだし》だっただけじゃない。それに、ちゃんとスリッパは履いていたわよ」

「でも、シャンプーとかボディーソープの香りがしているし。男の想像をかき立てるには充分じゃないかな」

今度はブラの上部から指を差し込んで、乳房をすっと撫でていく。そんなことをされると、もっと触ってほしくなってくるから困ってしまう。

「ほら、早くこれも脱いでみて」

彼はボクサーショーツだけになっている。こちらも早く脱げと言わんばかりに、ブラの紐《ひも》に指をかけて肩から下ろした。

「……判ったから」

観念してブラを取り去った。

「手で隠さない。ちゃんと見せて」

「もう……意地悪なんだから！」

胸を隠していた手を下ろすと、彼はにっこりと笑った。そして、新菜の乳房にそっと両手で触れてくる。

「新菜の胸は僕の手にちょうどいいんだ。ほら……ね」

「あ……ぁん……っ」

両手の親指で両方の乳首を撫でられて、たちまち甘い疼きに襲われる。刺激されている部分だけでなく、身体の芯に火がついたみたいになってくるのだ。

「新菜が感じているところ……可愛いなあ」

彼はしみじみと呟くと、新菜の首筋に舌を這《は》わせてきた。思わずビクンと身体が震える。

「やぁ……んっ……はぁ……」

思わぬところが敏感に感じている自分に戸惑いを覚えた。

だって、たかが首なのに。

でも、舌で舐められていると、背中がゾクゾクしてきて、身体がひとりでに揺れてしまう。

「もっと新菜の可愛いところを見たいな……」

静かにシーツの上に倒されて、彼が覆いかぶさってくる。肌が触れ合い、体温を感じて、新菜はうっとりした。

彼の温もりに包まれるだけで、安心感が得られるのは何故なのだろう。

こんなふうに身体を重ねてくれるなら、何をされても許してしまいそう……。

彼は再び新菜の首筋に舌を這わせた。身体が愛撫に敏感に反応している。こんな反応を返すのも、彼への信頼が前提にあるのだと思う。

好きじゃない人や信じられない人に身を委ねたりできないから。

彼の唇は鎖骨に沿って這っていき、肩にもキスをされる。そうして、そのキスは胸へと移動していった。

両手でふくらみを持ち上げるようにして、どちらの乳首にもキスをしていく。彼の唇や舌がそこに触れるだけで、身体が大げさにビクッと震えた。

「はぁ……んっ……んんっ」

彼はクスッと笑う。

「新菜の反応のひとつひとつが可愛くてたまらないな」

「そ、そんな……大げさよ……」

「そうかな。僕の真面目な感想だけど」

息が乳首に触れるだけで、身体が熱く蕩けそうになってくる。彼の愛撫は新菜をたやすくおかしくさせるようだ。自分が自分でなくなったみたいに思えてきてしまう。

こんな乱れた姿を晒すのは恥ずかしい。けれども、英利の前だからいいのだとも思う。

新菜にとって、彼は特別だから。

指と舌で両方の乳首を弄られて、新菜は何度も身体を震わせた。

「や、も、もう……っ」

胸の愛撫だけでは、もう足りない。新菜は腰をまるで誘うように蠢《うごめ》かせる。

「もう我慢できなくなってる？」

「だ、だって……ぇ……」

「じゃあ、あと一枚脱ごうか？」

今日の彼はとにかく新菜を自分で脱がせるように仕向けたいようだった。

わたし……ここで脱ぐの……？

彼に見られながら？

今まで恥ずかしいと思っていたが、何故だかもう恥ずかしさを通り越してしまったみたいだ。それどころか、彼の視線に貫かれたいとまで思う。

「はぁ……はぁ……っ」

吐息まで熱い。もう脱がずにはいられなかった。

だって、もっと触れてもらいたいから。

新菜は半身を起こし、ショーツに手をかける。そして、ゆっくりと下ろしていった。彼に見られていると思うと、胸がドキドキしてくる。

足首から引き抜いたとき、新菜は全身がカッと熱くなったような気がした。

「綺麗だよ……新菜」

「わ、わたし……」

彼は裸のわたしを綺麗だと言ってくれているの？

生まれたままの姿で、隠すものもない。飾り立てるものもない素のままなのに、彼は綺麗だと褒めてくれる。

胸の奥がキュンとなった。

「僕も脱ごうか」

英利もまたボクサーショーツを素早く脱ぎ捨てた。

彼の身体も均整が取れていて本当に綺麗だ。贅肉《ぜいにく》もなければ、ほどよく筋肉がついている。スレンダーだけれど、引き締まっていた。ただ、股間にあるものは硬くそそり立っていて、その部分だけは直視できない。

「脚を広げて」

「えっ……無理」

「こうすればいいだけだよ」

「あっ……そんな……」

彼は恥じらう新菜の両脚を広げた。新菜はバランスを崩して後ろに倒れそうになり、両手をシーツの上につく。脚の間に割り込むように彼が入ってきて、二人は向き合う格好となった。

「あっ……ぁ」

秘部を指でなぞられ、思わず声が出る。

「新菜も僕のに触れて」

つまり互いの大事な部分を愛撫しようというわけだ。なんだか照れてしまうが、自分だけ快感を得ているのは公平ではない気がして、恐る恐る彼のものに触れてみた。

「な、なんかわたし……すごいことしてる……かも」

もちろんこんな行為も初めてだ。新菜は傷つけないように慎重に軽く握った。

「大丈夫。夫婦なんだから」

「そ……うだけど……っ」

かりそめの夫婦だから、これが当然とも思えない。けれども、新菜は彼にも気持ちよくなってもらいたくて、それに指を這わせる。

「焦らすのが得意なんだね。じゃあ、僕も……」

彼も同じように新菜の秘部にそっと指を這わせてきた。新菜自身は焦らしているつもりではなかったが、確かにこんな触り方では物足りなく感じてしまう。

わたし……もっと気持ちよくなりたい。

だって、その感覚をもう知ってしまったから。

もっと欲しい。

頭の芯まで熱くなるような絶頂感を思い出す。

新菜はもう少しちゃんと握ってみた。

「こんなふうに……すればいい……の？」

「そうだね。……新菜もこんな感じがいい？」

英利は秘裂の中に指を沈めて、動かしていく。同時に、一番敏感な部分もゆっくり他の指で撫で始めた。

「くぅ……ぅっ……はぁ……あぁ……っ」

腰がひとりでにビクビクと震えている。気持ちよすぎて、彼への愛撫がおろそかになってしまう。

わたしだけじゃなく、彼にも感じてもらいたいのに。

「いいよ。……もっと感じて」

「だ……って……え、英利くんも……っ」

「うん。……そうだね。我慢できなくなってきた」

英利は唐突に愛撫をやめた。それでも、新菜はまだ刺激されているかのように、身体が震えている。その間に、彼は避妊具を素早く身に着けた。

「新菜……一緒にイこうね」

彼は蜜に塗れた秘部に己のものを突き立てる。

「はぁぁっ……」

ぐっと腰が入ってくる。

新菜は彼の膝の上に座るような形となっていた。

「あっ……ちょ……っと！」

下から突き上げられて、新菜は彼の首に両手でしがみつく。前に抱かれたときとは違う体勢で、新菜は戸惑っていた。

「こんな格好で……」

「他にもいろいろできるよ。じっくり教えてあげるからね」

「え……？　あ……んっ」

下から突き上げられることで、秘裂の奥に当たっていることが判る。どうしようもない甘い疼きが生まれ、それがやがて身体中に広がっていった。

この間の夜よりずっと敏感になっている……？

行為自体に少し慣れたせいかもしれない。今夜は快感に集中できている感じがする。

彼と繋がっている部分だけでなく、身体の芯が痺れたようになっていて、それが全身を侵しているようだった。

他のことが考えられない。ただ、快感のみが頭を支配している。

気がつけば、自分で腰を振っていた。少しでも快感を貪るために。

恥ずかしさなんて……もうどうでもいい。少なくとも、今はそうだ。ただこの快感に浸っていたい。もっと気持ちよくなりたい。そんなことばかりを考えていて、新菜は動いていた。

まるで自分の身体じゃないみたいだ。何者かに動かされているみたいで、理性というものが消えてしまったかのようだった。

「もっと……深く繋がろうか？」

「えっ……」

新菜は彼の言葉の意味が判らなかった。判らないが、これ以上深く繋がることができると聞いて頷いた。

英利は新菜をシーツの上に横たえると、片方の膝の裏から手を入れて、押し上げる。そうして、改めて挿入してきた。

彼の硬くなったものがぐっと奥まで入ってくる。

「はぁぁっ……あぁぁん……」

確かにさっきとは違うところに当たっている。新菜は快感に甲高い声を上げた。

「気持ち……いいんだね？　新菜？」

「だっ……て……っ」

「いいよ。もっと……声を聞かせて……」

「やや……ぁぁぁ……っ」

何度も奥まで突かれ、その度に新菜はあまりの気持ちよさに身悶《みもだ》えする。目をギュッと閉じて、完全に我を忘れていた。

彼との関係のことでずっと悩んでいた。だけど、もうどうでもいい。

どんなに後悔しようと、彼から離れることはできそうになかった。

もちろん快感だけが理由ではなくて……。

こんな痴態を晒すのは、彼を信頼しているから。

好きだから。大好きだから。

新菜は抱き締めてもらいたくて、両手を広げた。

「えい……り……くんっ……」

「新菜……」

彼は新菜の求めに応じて抱き締めてきた。新菜も彼の身体に腕を回して、できるだけ引き寄せようとする。

肌の熱さが伝わってきた。

ああ、幸せ……。

これが彼から離れられない理由だ。

快感はまだ終わりではなかった。彼が内部を行き来する感覚に、熱い何かがぐっと中から突き上げてくる。

全身が熱くてたまらない。

快感が最高潮に達し、新菜は我慢できずに達していた。

「くぅ……あぁぁっ……！」

彼もまた奥まで突き入れ、新菜を強く抱き締める。二人は互いを抱いたまま、余韻に酔いしれていた。


英利は身体を離した後、新菜の髪を撫でながら軽くキスをした。

「可愛いなあ、新菜は……」

甘い声で囁かれて、急に恥ずかしくなってくる。だけど、同時に嬉しかった。

わたし達の仲は元どおり……なのかな？

よく判らないが、彼が冷たくなければもうそれでいい。距離を置こうとしたのは間違いだったと思い知らされた。新菜のほうから白旗を上げたのだから、彼はもうこれ以上、冷たい態度で接してくることはないのだろう。

後は別れる日まで、なんとか彼を嫌いになってしまおう。

それが可能なことなのかどうか判らないが、ずっと一緒に暮らしていれば、相手の嫌なところも目につくようになるのではないだろうか。

彼は身体を起こして言った。

「僕は風呂に入るけど、新菜はどう？」

「ど、どうって？　わたしはもう入ったんだけど」

「新菜も汗を流したいんじゃないかと思って」

大量の汗を流したわけではないが、多少汗ばんでいる。もう一度、身体を清潔にしたい気持ちが出てきた。

「じゃあ、英利くん、先に入って」

「一緒に入ればいいんじゃないかな」

彼はにっこり笑いながらそう言った。

「えっ、一緒に……？」

そんなことは夢にも思わなかったから、新菜は驚いた。

「新婚夫婦が一緒に風呂に入るって、そんなに変じゃないと思うよ」

それはそうだが、なんだか恥ずかしいと思ってしまう。

今更なのは判っている。今、互いに裸なのだから。

「あ……えーと……明るいところはちょっと……」

そう。このほの暗い場所なら晒せても、明るいところで堂々と裸身を晒せなかった。

「大丈夫。新菜の身体は綺麗だから」

「でも……ああっ！」

断り文句を考えているうちに、新菜は抱き上げられていた。

二人とも裸なのに……。

自宅で誰にも見られているわけではないが、裸の男性に裸のまま抱き上げられるなんて恥ずかしすぎる。

「もう……意地悪なんだから！」

「そんなの昔からだろう？」

まさにそうだった。

新菜が恥ずかしがることが判っていて、わざとしているのだろう。

浴室の床に静かに下ろされて、新菜は溜息をつく。

英利と本物の結婚生活を送るということは、彼のこういう部分にも付き合うということだ。諦めが肝心なのかもしれない。

頭上から雨のようなシャワーが降り注ぐ中、新菜は彼に抱き寄せられ、深いキスをされていた。

第五章　結婚式に疑惑の種が蒔《ま》かれる

新婚生活がスタートして八ヵ月が過ぎた。

とにかく手っ取り早く入籍して始まった結婚生活だったが、それから二人は結婚式の準備を始めた。

式場を選んだのは英利で、気がつけば彼が予約していて、新菜は後で知らされた。

たくさんの花と緑に囲まれた美しいチャペルと豪華な披露宴会場がある人気の式場で、たくさんの客を招待できるという。といっても、二人の親戚はかぶっているし、バイトばかりしていた新菜にはそんなにたくさん友人もいない。

そんなわけで、バランスを取るために招待客はかなり絞ることになった。

有名なデザイナーのウェディングドレスの試着は、英利だけでなく、両方の母親が来て、彼らの前でファッションショーをする羽目になったが、無事にみんなの意見が一致した。背中がかなり開いているドレスで、新菜はそのためにエステにも通った。

そうして、結婚式当日、新菜は予約していたドレスを身に着けた。

もちろん純白だ。胸元は繊細なレースに覆われ、たっぷりとしたスカート部分は幾重にもチュールが重ねられていて、豪華なものに仕上がっている。髪はアップで、白い花の髪飾りをつけた。母はティアラがいいと言ったのだが、それは新菜が却下したのだ。

メイクもプロのメイクアーティストが担当してくれて、自分でも見違えるような出来栄えだった。

「新菜、綺麗よ。これなら英利くんも惚《ほ》れ直すわね」

「本当に綺麗ね！　うちの息子にはもったいないくらいよ」

花嫁の控室で、二人の母親は口々に褒めてくれた。

写真撮影の時間になり、そこで英利と顔を合わせる。彼はドレス姿の新菜を見るなり、蕩けるような笑顔を見せてくれた。

「想像どおりだ。……綺麗だよ、新菜」

彼はいつも新菜のことを可愛いと言ってくれるが、今日は綺麗だと言ってくれた。頬が自然と赤くなる。

彼のほうも光沢のあるグレーのタキシードを身に着けていて、胸のポケットには新菜の髪飾りとお揃いの白い小さな花がつけてあった。いつもより素敵に見えて、ドキドキしてくる。

「英利くんも……格好いいよ」

照れながら褒めると、彼はクスッと笑った。

「初々しい花嫁って感じだね。抱き締めてキスしたいけど、今は自重しないといけないか」

彼は今日も冗談を言っていて、結婚式を前にしての緊張感はないようだ。

父親との約束だった実家を譲るという話は、結局、英利が父親から買うということになっていた。税金のこともあるだろうが、それ以上に嫌いな父親から譲られることが嫌だったようだ。入籍はすでにしていたものの、この式で正式に結婚したものとして、父子の間で売買の契約をするらしい。

つまり……結婚式をしてしまえば、たとえ離婚したとしても、英利の実家は彼のものということになる。

新菜はこの八ヵ月間、できれば彼を嫌いになりたいと思っていた。なんとか嫌なところを見つけようと努力したけれど、残念ながらどうしても見つけられなかった。

依然として、新菜は英利のことが好きなのだ。

結婚生活は順調で、仲良く暮らしていたものの、徐々に別れが近づいていることはずっと意識していた。きっと彼のほうも同じ気持ちに違いない。彼の言動からは、ちっともそういったものを感じ取ることはできなかったが、この結婚式が終わったら、状況は変わるかもしれなかった。

ともあれ、結婚式はきちんとやり遂げよう。

彼と別れたら、新菜はもう結婚なんてしない気がする。ということは、これがただ一度きりの結婚式になる可能性があった。

だから……今日だけは幸せな新婦でいたい。

彼から愛されているという幻想に浸っていたかった。

写真撮影が終わった後、親族控室にいた親戚に挨拶をする。もちろん彼の父親も譲治も来ていた。譲治は結局、両家の食事会に出席しなかったので、会ったのは八ヵ月ぶりだ。彼は相変わらず笑顔でいるものの、結婚を祝福しているようには見えなかった。もちろん口では違う。

「兄貴も新菜さんも、今日はおめでとう」

「ありがとう」

英利も笑顔だが、本心では招待したくなかったはずだ。だが、母親違いとはいえ、同じ家で育ってきた弟だ。招待しないわけにはいかないだろう。

時間になり、チャペルに移動する。式に同席するのは親戚と仲のいい友人だけだ。新菜は中学の頃の友人を招待していた。

いよいよ式が始まる。

新菜をエスコートするのは叔父だ。父の弟だけれど、長らく海外に住んでいたこともあって、新菜はあまり馴染みがない。だが、他にエスコートしてくれる人がいなかったし、今は日本に戻ってきているので、今回は頼んだのだった。

もっとも、向こうのほうは幼児だった頃の新菜を知っていたらしく、懐かしがってくれた。エスコートの話をしたときも、二つ返事で引き受けてくれたのだ。嫌がられたらどうしようと思っていたから嬉しかった。

ウェディングマーチが鳴り響く中、父と面差しが少し似ている叔父とバージンロードを歩き、祭壇の前で待つ英利の許へ向かう。ベール越しに席に座る人達みんなの視線を感じるが、それよりこちらを見つめる英利ばかりを見てしまう。

彼は微笑みを浮かべていた。その表情がなんだか幸せそうに見えて、新菜の胸は高鳴った。

まるで彼の気持ちがわたしに向いているかのように思えてきて……。

そうじゃないということは判っている。この式は彼が実家を手に入れるために必要なことだから、演技をしているだけだ。

それでも、ひと時の幻影に今は酔っていたい。

幻でもいいの。今だけはわたしを騙して。

新菜は彼の眼差しに包まれながら、隣に立った。たくさんの花と緑が飾られた白いチャペルの中で、新菜は一番幸せだった。

式は進んでいき、二人は誓いを立てた。そして、改めて指輪の交換をする。もっとも、その指輪はこの八ヵ月間、ずっと新菜の薬指で光っていたものだ。

英利は新菜のベールを上げた。

瞳と瞳が合う。

鼓動が速くなり、頬が紅潮する。

彼は新菜の両肩に手を添えて、そっと囁いた。

「……綺麗だよ、新菜」

目を閉じると、唇が合わさる。それは一瞬だったけれど、もっと長い時間のようにも思えた。目を開けて、新菜は彼の微笑に見惚れていた。

式は終わり、二人はフラワーシャワーを浴びながら、バージンロードを歩く。

幸せ過ぎて、頭の中がふわふわしていたが、新菜は新郎側の席からかけられた声に気を取られた。

「英利、おめでとう！」

落ち着いた女性の声で、新菜ははっとした。ワイン色のシックなパーティードレスを着ていた彼女は、モデルみたいな美女だったからだ。化粧映えしているが、元から整った顔立ちなのはすぐに判る。よくよく見ると、このチャペルの誰よりも目立っていた。

彼の親族には挨拶をしたが、こんな女性はいなかった。つまり、彼女は英利の特別に親しい友人ということだ。

本当に友人なの……？

いや、いくらなんでも、親密な女性を自分の結婚式に呼ぶはずがない。たとえ、それが偽物の結婚式だとしても。

そう思いながら、新菜はチャペルを出た。

たった今まで新菜は世界一幸せな気分だった。だが、ただ一人、英利の友人として美女がいただけで、こんなに動揺してしまう。

だって、この式が終わって、正式に不動産の売買を済ませたら、いつ離婚してもおかしくないから……。

結婚式は最高潮の場でありながら、これからすぐに別れのときに向かうのだ。

彼がもう次の相手を見つけていたとしてもおかしくない。

同居を開始してから、彼が浮気している様子はなかった。といっても、例のビジネスライクに過ごした数日間もあったし、他に彼が仕事で遅くなる日はあった。少なくとも、誰かを物色する時間はあったように思う。

だって、わたしとの関係は、彼と結婚して一緒に暮らしているからだから……。

離婚して、この関係が続くとは思えない。元々、二人は恋人でもなんでもなかったのだ。

新菜は不安に陥ったが、今日は結婚式だ。家族や親族、友人、会社の人達も呼んでいる。もちろん自分だけでなく、英利のほうもだ。これから披露宴なのだから、不安な顔なんか見せられない。

新菜は頑張って笑顔を作り、ブーケトスもこなした。見事に受け取ったのは、新菜の友人だった。大人になってからは時々メッセージのやり取りをするだけの仲だったが、彼女の嬉しそうな笑顔に、新菜もやっと本当の笑顔になった。

そうよ。今日は大事な日なんだから、あの女性のことは忘れよう。

そう思ったが、披露宴が始まっても、どうしても新菜は彼女のほうに目が向いてしまっていた。あまりに綺麗すぎて目立っていたからかもしれない。周囲の注目も集めていて、独身らしき男性に声をかけられていた。

背が高くて、長いストレートの黒髪が艶々している。色白で細面、目鼻立ちもくっきりしていて、メイクしていなくても綺麗なのではないかと思う。ドレスはオフショルダーで白い肩が剥《む》き出《だ》しになっている。前から見ると膝丈なのに、後ろがロングというフィッシュテールのドレスを高いヒールの靴で着こなしていて、本当にモデルみたいな仕事をしているのではないだろうか。

圧倒的な美女で、普通の男性はとてもではないが釣り合わない。

でも……英利には合う。

美男美女で、とてもお似合いだろう。

今日の新菜は純白のドレスを身に着けていて、いつもより何十倍も綺麗になったつもりでいた。間違いなく主役だ。だが、それでも彼女を見ていると、自信がなくなってきてしまう。

本物の美女はやはり違う。そして、英利にはそんな美女がよく似合うのだ。

わたしなんか……。

人間の価値は容姿で決まるものじゃないことはよく判っている。それでも、見た目の釣り合いは重要だと思う。

彼女が座っているのは、確か英利の大学時代の友人達のテーブルだ。しかし、彼女は他の人達とはあまり親しくないようで、よそ行きの笑みを顔に貼りつけている。だからこそ、披露宴の最中、新菜は気になって仕方なかった。

英利は新菜を可愛く思ってくれているのは確かだろう。しかし、本当に妻にするほど愛しているわけでもなんでもない。それでも、結婚している間は、彼は自分のものだと思っていた。

でも、本当にそうだったの……？

彼の心の中には本当に誰もいなかったの？

要するに、彼女が英利の次の相手なのではないかと考えているのだ。

離婚してからは、彼を止める権利はない。次の相手として目星をつけているだけなら、新菜には文句を言う資格はないのだ。いや、たとえ浮気していたとしても、元々、契約として結婚しただけの新菜にはなんの権利もないのかもしれない。

新菜は披露宴を楽しんでいるふりをしながらも、頭の中は混乱していた。

やがて、お色直しがあり、ドレスを着替えた。ピンク色のふんわりとしたドレスで、いろいろ試着した中で、英利が一番似合うと言ってくれたからこのドレスにしたのだ。もし彼が大人っぽい女性が好みなら、大人っぽいドレスを選べばよかったと今更ながら後悔する。

キャンドルサービスで、二人は各テーブルのキャンドルに火をつけて回った。美女がいるテーブルに来たとき、新菜は脚が震えた。近くで見ても、かなりの美女だったからだ。

彼女は英利に何か小声で言った。それは聞き取れなかったが、英利が彼女に言った言葉だけは聞こえた。

「ドレス、よく似合っているよ」

えっ……結婚式で他の女性にそんなことを言う？

新菜は自分の耳を疑った。彼女は嬉しそうにお礼を言い、英利が笑顔で応える。それを見たとき、新菜は愕然《がくぜん》とした。

だって……それは特別に親しい人にしか見せない笑顔だったから。

よそ行きの笑顔と本当の笑顔は違う。他の人には判らなくても、小さいときから彼を知っている新菜にはよく判るのだ。

この人は何者なの……？

英利とかなり親しくなければ、こんな笑顔を引き出せない。大学時代に彼女と一体何があったのだろうか。

まさか……元カノ？

いや、さすがにそれはないだろう。浮気相手を結婚式に招待するのも非常識だが、元カノだってあり得ない。

いろいろ考えているうちにすべてのテーブルを回り、キャンドルサービスは終わっていた。

新菜にとってたぶん一生に一度の披露宴なのだから、彼女のことは気になるが、今は披露宴に集中しよう。

できるだけ幸せそうな笑顔をみんなに見せながら。

やがて披露宴も終わりを迎える。

母への感謝の手紙は絶対に泣くことが判っていたから、昨夜本人に伝えて、今日は短く済ませるつもりだったが、結局は泣いてしまった。花束を渡すときも泣きそうになったが、母のほうが先に泣いていたので、申し訳ない気持ちになって涙が引っ込んだ。

だって、離婚前提の結婚だから……。

こんなに泣いても、新菜はまた出戻ることになっている。

宴の最後に、英利が挨拶をするためにマイクの前に立った。まず感謝の言葉を述べた彼は、新菜との将来についても語った。

「これから様々なことがあるでしょうが、二人で力を合わせて、明るく幸せな家庭を築いていきます」

新郎の挨拶としては定番みたいな言葉だと思うが、英利が言うと違和感があった。いや、違和感を感じ取っているのは新菜だけかもしれない。

そもそも、偽りの結婚だ。今は新婚生活みたいなものを続けているが、それも契約期間内だからというだけだ。

そう。一生添い遂げることが前提の、普通の結婚じゃない……。

彼の言葉が本心だったらいいのにとも思うが、そうでないことは判っている。けれども、心の奥底で、そんな嘘を信じたがっている自分が愚かしく思えてくる。

華やかな結婚式と披露宴。

そのすべてが嘘なのに。

こんなにもたくさんの人が集まって、祝福してくれている。だけど、最初から別れるつもりでいるなら、みんなに対しての裏切りみたいなものだ。

なんだか虚《むな》しくなってきたが、英利は違うのだろうか。でも、彼は実家さえ手に入ればいいのかもしれない。それが目的で、新菜と結婚した。いろんな金銭的な負担もものともせずに、ただ実家を自分の名義にしたいのだ。

もちろん、それは英利自身のためではなく、母親のためなのだが……。

彼はみんなを傷つけている。新菜は自分も被害者のような気がしていたが、この結婚に同意したからには、自分も加害者なのかもしれない。

いつまで結婚生活を続けるのか判らないけれど、そのときが来たら、申し訳なく思ってしまうだろう。とはいえ、英利との約束は誰にも明かせない。まさか期間限定の結婚だったなんて、母親にも言えなかった。

披露宴は終わり、二人は互いの両親と共に会場の外に並んで、招待客一人一人に挨拶をしていく。

もちろんあの美女もいて……。

彼女が英利に向ける笑顔は本当に眩しいほど綺麗だった。英利のほうも親しげな笑顔を向けている。

「本当におめでとう。幸せになってね」

彼女は新菜にも笑顔を向けた。

「これから英利をよろしくね」

「あ……はい。今日はありがとうございました……」

英利を呼び捨てにされたことに動揺したが、なんとか笑顔で挨拶できた。結婚式に招待するような親しい友人なら、呼び捨てくらい当たり前なのかもしれないと思いつつ、妻として気持ちのいいものではない。

でも、わたしは本当の奥さんじゃないし……。

とにかく、新菜は彼女が何者なのか気になって仕方なかった。二次会でもあれば、ゆっくり話す機会もあったかもしれないが、英利と話し合って二次会はしないと決めていた。だから、彼女が何者なのか知りたければ、英利に訊くしかない。

だけど、訊くのもなんだか怖い。

離婚したら付き合う相手……などと答えられたら困る。さすがに期間限定とはいえ妻に、英利がそんなことをいうはずがないとは思うが、万が一ということもある。

新菜は傷つくのが怖かった。ただでさえ、別れが迫っていることが怖くてならないのに。

招待客が帰り、後は家族だけになる。といっても、英利の父親は一人で帰ってしまい、譲治はいつの間にかいなくなっていた。招待客に紛れてさっさと帰ったのだろう。

残ったのは母と義母、そして衛だけだったが、どのみち義父や譲治と話すことはもうない。母と義母は着物を着ているから、着付け室で着替えるという。新菜と英利も着替えなくてはならないので、その後で合流してラウンジでお茶でも飲もうという話になった。

「母さん達、話が長いから、オレはもう帰るよ」

制服を着ていた衛は着替えることもないし、みんなの着替えを待つのも嫌なのだろう。確かに彼も一日中、年寄りの親戚の相手をしたり、小さな子の子守りをしたりして、疲れたはずだ。早く帰りたいに違いない。

「今日は衛もありがとうね。今度、お小遣いあげるから」

「そんなの、いらねーよ。姉ちゃんと英利兄ちゃんの結婚式なんだから、協力するのは当たり前だし」

小遣い目当てで頑張ったのではないと言いたいらしい。この間まで子供っぽかった衛も、ずいぶん成長したものだ。

衛は帰宅し、英利は新郎の控室へ向かった。母と義母は着付け室に移動したので、新菜も新婦の控室へ行こうとした。

そのとき、新菜は後ろから声をかけられる。

「新菜さん、お疲れ様」

はっとして振り向くと、そこには譲治の姿があった。彼は披露宴のときの格好のままだったが、白のネクタイだけ外している。

もう帰ったのかと思ったが、わざわざ英利がいないときに話しかけてくるなんて、何か用事があるのだろうか。不審に思いながらも、挨拶を返す。

「今日はありがとう。譲治くんも疲れたでしょう?」

「いや、おいしい食事を堪能させてもらってよかったよ。……ところで、今日の客にすごい美人がいたのに気づいてた?」

彼の声の調子が妙に深刻そうに聞こえて、新菜は眉をひそめた。彼がわざとそう言っていると思ったからだ。

「ああ……美人さん、いたわね」

新菜はなんとも思っていないふりをして答える。動揺しているところを、彼に悟られたくなかった。

「あの人、あいつの元カノだよ」

「えっ……」

そんなことを譲治に教えられるとは思わなくて、つい驚いた声を出してしまった。

「……まさか、そんなこと。あの人は英利くんの大学時代の友人よ」

「そりゃあ、さすがに元カノだなんて言わないさ。でも、俺は家に来たのを見たことがあったから。ちなみに部屋で二人きりだったよ」

嘘だと思いたい。譲治が新菜と英利の仲を裂くために、わざとそんなことを言っているのだと。

「わたし達の邪魔をしたくて、そんな冗談を言っているのよね? 判っているんだから……」

声が震えてしまったから、虚勢を張っているのはバレただろう。それでも、新菜は必死で笑顔を作った。

「今更、君達の仲を裂いて、俺にどんな得があるんだ？　結婚式も済んだし、家はあいつのものになる。これで終わりだろ？」

確かにそうだ。今から彼がどんなことをしようが遅すぎる。

新菜が黙ったので、譲治はニヤリと笑った。

「あんな奴でも俺の兄貴だから、謝っておくよ。元カノを結婚式に呼ぶような非常識な兄で申し訳ないってね。……ああ、元カノじゃないかもしれないか。実は、浮気相手だったりして」

新菜が不安に思っていることを、彼はズバリと言った。でも、きっとこれこそ、彼の冗談だ。真に受けたりしたら馬鹿を見る。

そう思うものの、不安はどうしても拭えない。

「ま、結婚生活、頑張って」

そう言い捨てて、彼は楽しそうに去っていった。

悔しい……。

彼の言葉が嘘か本当か、新菜には判らない。英利に訊いたところで、それこそ大学の友人だと答えるだけだろうと思う。だけど、自分はそれを信じることができるのだろうか。

だって、すごく親しげだったし。

あの人と彼はすごくお似合いだったし。

胸の奥が重苦しくなっていく。

そのときの新菜は披露宴を終えたばかりの幸せな花嫁には見えなかったかもしれない。

＊＊＊

披露宴が終わったその日、二人はホテルのスイートルームに泊まった。翌日はゆっくりするため休みを取っていたからだ。

それから家に帰ったものの、英利は新菜の変化に気づき、悩んでいた。

今、英利は書斎にいて、彼女は夕食の準備をしている。もうすぐ料理が出来上がり、一緒に食べるのだが、彼女は恐らく笑顔を作るだろう。

披露宴のときからなんとなく様子がおかしいのに気づいていたが、みんなに見られているから、緊張して笑顔が強張っているだけだと思っていた。

しかし、着替え終わって、二人の母親と一緒にお茶を飲んでいたときも、いつもと違っていた。無理して笑っているような気がしてならなかった。

それも疲れのせいかとも思っていたのだが……。

昨日、英利はそのまま彼女を眠らせた。しかし、朝になっても、彼女はどこか元気がなかったのだ。

一体、新菜に何があったのだろう。

式が始まる前はいつもの彼女だったように思う。それでは、披露宴で何かあったのか。英利は思い返してみたが、特に思い当たらない。

英利が傍にいないとき、誰かが彼女に何か言ったとか……？

父か譲治か、それとも親戚の誰かか。英利は余計なことを言いそうな面々を思い出していた。譲治が一番怪しいが、今更、新菜に嫌味を言ったところで、彼にメリットはない。それに、新菜も譲治が英利に対して悪意を抱いていることくらい、とっくに判っている。くよくよ悩むこともないだろう。

では、誰が何を言ったのか……？

新菜を傷つける奴を許さない。犯人は誰か判らないが、もし判ったら、なんらかの報復をしないと気持ちが収まらなかった。

新菜のことは、本当に大切に想っている。結婚話をするまで揶揄い甲斐のある妹くらいに思っていたのが不思議なくらいだ。

彼女のことは知っていたつもりだったが、今から考えると、大人になった彼女のことはよく知らないままだった。けれども、婚約者として一緒に過ごすようになり、彼女のことが判るようになってきた。

健気で可愛い。子供のような愛らしさではない、女性としての可愛らしさだ。家族のため、周りの人のために尽くす気持ちを持っている。自分を犠牲にしても、誰かの幸せを願っているような女性だ。

だから、男として新菜を好きになった。

触れたり、キスしたり……。本当は予定外だった。それ以上のことは絶対にするまいと思っていた。離婚を前提とした結婚だったから、彼女を抱いたりしてはいけないと自分を戒めていた。というより、そんな恐れがあると自分でも危機感を抱いていたのだ。

でも、まさかあんなにあっさりと抱いてしまうことになるとは思わなかった。そして、彼女があんなにも積極的に応えてくれるとも思わなかった。

当たり前の話だが、彼女は処女だった。

だからといって、責任を取るなんて考えはなかった。責任ではなく、彼女を抱いたとき、もう絶対に手放さないという気持ちになっていたからだ。

正直言って、大学生の頃の失恋が原因で、女性に対してトラウマみたいなものがあった。恋人関係になった相手を信じ切れなかったのだ。相手が自分のことを、いい物件みたいに思っているのではないかという疑念が払拭できなかった。

けれども、新菜は違う。新菜だけは信じられた。

それに、彼女には本当の自分の姿を見せられた。彼女のことを愛おしく思い、一生をかけて守り通したいという気持ちもある。

だから……離れられないし、放したくない。

新菜のほうも同じ気持ちだと思っていたが、翌日には距離を置きたいなどと言い出した。彼女はまだ大人になり切れていない部分があったのだ。もう兄妹みたいな関係には戻れないことが、彼女には判っていないのだ。

しかし、なんとか取り戻した。彼女はまだ英利に対する気持ちが固まっていないのかもしれない。だから、この八ヵ月間、時間をかけて彼女との絆を育んできた。

今、新菜は僕を信頼してくれている。そして、僕が彼女を愛するのと同じくらい、彼女も僕を愛してくれている……と思っていた。

ただ……彼女の中で何かが揺らいできている。

その原因がなんなのか。

もちろん探ってみるが、彼女は意外と頑ななところがある。直接訊いてみても、なかなか答えてくれないかもしれない。

それなら、なんとか彼女の心を解きほぐそう。

新婚旅行はまだ行かない予定だった。というのは、まずは結婚式をして、その後に実家を自分のものにしなければいけなかったからだ。英利にとって、それが最優先だった。

そして、実家を手に入れた後、父を追い出し、母と同居するつもりだった。どうせ夫婦関係なんてもう破綻している。別居したところで、なんの支障もないだろう。どうせなら離婚したっていいと、英利は勝手に考えていた。

嫁姑《よめしゅうとめ》の関係は良好だし、そもそも母は新菜のことが大好きで、可愛くて仕方がないのだ。新菜も母のことが好きだから、恐らく問題ないだろうと思っている。

もちろん新菜が嫌だと言うなら、無理に同居したいわけではない。ただ、できれば一軒家で、のびのびと子育てをしたいと思っている。

そう。英利の頭の中には、そんな計画があった。計画どおりに行かないこともあるだろうが、それはそれだ。新菜が幸せになってくれれば、なんだっていい。

けれども、あの実家は改装が必要だと思っている。いや、けっこう古いから、改築または建て直しだ。そういった手続きをクリアにしてから、改めてゆっくりと旅行に行けたらと思っていたのだ。

だが、式の後にこんなことになるなら、さっさと旅行の予定を入れておけばよかった。間の悪いことに、しばらく先まで仕事の関係でまとまった休暇が取れない。

だとしたら……。

一泊か二泊で、近場に行くのはどうだろう。

たとえば、温泉だ。

いや、もしかしたら、今の新菜の様子では何か理由をつけて断られそうだ。それなら、母と義母を連れていこう。

家族想いの彼女は絶対に行くと言うはずだ。

部屋はもちろん母達と自分達は別々に取って、二人きりでいい雰囲気を作ろう。そして、改めて話をしよう。

よし！

英利はすぐに温泉宿を調べ始めた。

＊＊＊

披露宴が終わってしばらく経った。

新菜は英利が急に温泉旅行に行こうと言い出したので驚いた。本当に自分と行きたいのかと思ってしまったが、どうやら彼の狙いは二人の母親を温泉に連れていくことだったようだ。

結婚式や披露宴、母と義母にはお世話になった。たくさん手助けもしてもらったし、きっと温泉旅行はお疲れ会みたいなものだ。

それなら新菜が行くのも納得できる。

結婚式の後、新菜は自分にますます自信がなくなってきていた。

というのも、英利の実家はもうすぐ彼のものになるからだ。こうなると、いつ離婚してもいいということになる。

もちろん、あんな華々しく式や披露宴をして招待客も招いたのだから、今すぐ別れるというわけではないだろう。さすがに彼も立場というものがある。そんなに簡単に離婚してしまっては、信用がなくなってしまいそうだ。

けれども、新菜の脳裏には、まだあの美女の姿があった。あんなにも綺麗な人が待っているとしたら、英利も早く離婚したいと心の中では思っているのではないだろうか。

そんな複雑な想いを抱えながら、とうとう温泉旅行の当日になった。

場所は車で行ける距離の温泉宿だ。人気の場所らしいが、なんとか予約が取れたらしく、朝から英利は車を出し、母と義母を連れて温泉地へ向かった。衛は親と旅行したくないようで、一人で留守番することになっている。

新菜はあまり乗り気ではなかったのだが、そんな様子は見せないように頑張った。みんなに楽しい気分でいてほしかったからだ。しかし、移動中、はしゃいでいる母と義母の姿を見ていると、新菜まで楽しくなってきて、結果的に演技する必要はなくなっていた。

新菜は助手席に座っていて、二人の母達は後部座席にいたのだが、車の外を見てはおしゃべりしている。話が尽きないようで、車の中は明るい笑い声がずっと響いていた。

温泉宿はいわゆる高級旅館で、部屋も広くて窓から見える庭も風情のあるものだ。各部屋ごとに露天風呂がついていて、誰にも気兼ねなくゆっくりと温泉を楽しめるようになっている。母と義母の部屋は別に取っているらしく、案内してくれた仲居が退出した後、新菜は英利と二人きりになった。

毎日一緒に暮らしているのだから、二人きりになるのは別にめずらしくもなかったのだが、場所が変わると新鮮な気持ちになるのか、妙に二人きりということを意識してしまう。

部屋は二間に分かれていて、ひとつは大きなダブルベッドが置かれた寝室、そしてもうひとつは座卓が置かれた居間だ。広縁があり、そこには椅子と小さなテーブルが置かれている。その向こうにテラスのように外に張り出した露天風呂があった。

「いい旅館ね。お庭も綺麗」

新菜は仲居が淹れてくれたお茶を飲みながら、なんとはなしに窓の外に目をやった。

「ああ。庭はいいよね。僕達、マンション暮らしだから」

「うちのマンションは緑も多いし、環境がいいほうだけど、たまにはこういう和風の趣がある庭もいいなって思うわ」

マンション暮らしのわりには、自分達はちゃんと緑を堪能できていると思うが、旅館の庭には完成された美しさがある。ただ、どちらが上ということもないと思う。手を入れられていない自然の緑も好きだし、洋風の庭も大好物なのだ。

「そうだね。趣があるよね。やっぱり庭はいいね」

英利がやたらと庭にこだわるのは、実家の庭のことを思い浮かべているからかもしれない。

そう。彼が自分のものとしたあの実家のことだ。

迫っている離婚のことを考えると、なんだか胃が痛くなりそうだ。彼が離婚を切り出すまで、あとどのくらいなのだろう。一年先、それとも半年先か。ひょっとしたら、あと数ヵ月しか一緒にいられないかもしれない。

いつなのかはっきり知りたい気もするが、尋ねる勇気もない。

知ってしまったら、一緒にいることがつらくなるから。それくらいなら、知らずにいたほうがいい。臭いものに蓋をしているだけかもしれないが、できることなら、離婚を切り出されるまでは、彼の本当の妻という気持ちで生きていきたかった。

一生涯、連れ添う相手だというふうに、自分を騙していたかったのだ。

本心では……無理だと思っているけれど。

だって、彼はわたしにはもったいなさすぎよね。全然釣り合ってない。

ふと、新菜は英利と向き合って座っていることが苦しくなって、立ち上がった。そして、ふらりと広縁の椅子に腰かけて外を見る。

「部屋に露天風呂がついているなんて贅沢《ぜいたく》……」

「でも、このほうがいいだろう？　このところ、二人でゆっくり話す機会もあまり持てなかったから」

彼も新菜に続いて、広縁のテーブルに腰かけた。結局、二人で向き合って座っていることになる。

式を挙げるまで、そのことで忙しかったし、その後は不動産売買の手続き、それに彼の仕事も忙しそうだった。

彼は会社であったことを新菜に話したりする。だが、仕事に関することはあまり話さなかった。だから、正直なところ、彼が本当に仕事で忙しいのかどうか判らなかった。

疑うわけではないが、他のことで忙しかったとしても、新菜には知るすべがない。新菜の脳裏にいつも浮かぶのは、結婚式にいたあの美女の姿だった。

ううん。彼は浮気なんてしない。

そう思いつつも、それほど深く彼のことを知っているのかと、自分に問い出してしまう。新菜が知っているのは、本当は彼の一部分に過ぎないのではないだろうか。

「お母さん達、大浴場に行ったりしないのかな」

母達が行くなら、自分も一緒に行きたい。けれども、宿に着く前に、彼女達はニコニコしながら言っていた。

『明日のチェックアウトまで、わたし達は二人で好きにするから、あなた達は二人で楽しんでね』

要するに別行動しようということだ。彼女達は新婚の自分達に気を遣っているのかもしれない。もしくは、親友みたいに仲のいい従姉妹同士で好きなように過ごしたいだけなのかもしれないが。

「ねえ……ゆっくりするのは暗くなってからでいいから、今のうちに外を歩いてみない？」

二人きりでいたら、ついつまらないことばかり考えてしまいそうになる。それくらいなら、外で気分転換がしたかった。

「ああ、そうだな。夜、ゆっくり話そう」

彼はやたらと話すことにこだわっている。

まさか……今日、離婚の話を切り出されるのだろうか。

そんなことないはず。いくらなんでも、彼はそれほど残酷ではないだろう。

そう思いつつも、不安が募る。新菜はそれを悟られないように、うつむいて立ち上がった。


二人は温泉街をぶらりと歩いていく。なんの目的もなく歩き始めただけだったが、昔ながらの古い街並みを歩くのは意外と楽しい。お土産屋や甘味《かんみ》茶屋があり、二人は写真を撮ったり、スイーツを食べたりした。

「ここは時間の流れ方が違うみたい」

気のせいだと判っているが、いつもよりゆったりとした時間の流れを感じる。二人きりで部屋にいるより、外に出てきて正解だった。

二人は橋の上から小さな川を眺めた。

新菜の気持ちはずいぶん落ち着いていた。最初は行きたくないなんて思ってしまったが、今では来てよかったと思う。

少なくとも、今、彼はわたしだけを見てくれている。

他の誰でもない。今の彼の視界にいるのは新菜だけだ。

新菜はふと甘えるように彼に身を寄せた。すると、彼も当たり前のように新菜の肩を抱く。温もりが伝わってきて、新菜は穏やかな気分になれた。

「幸せって……こういうことを言うのかなって思ったりして」

彼がそんなことを言うから、新菜は泣きそうになる。彼も自分と同じ気持ちなのだろうかと思ったのだ。

そうであってほしいけど……。

自分も同じことを感じていると告げたかった。けれども、彼が本気でそう思っているかどうか自信がない。適当に言った言葉なら、後で傷つくのは自分だ。

「なんか、熟年夫婦みたいな感想ね」

新菜は本音を言えずに茶化《ちゃか》してしまった。彼もすぐに笑って、新菜の肩から手を離した。即座に新菜は自分の言葉を後悔する。

「……ちょっとジジくさかったかな」

「そんなことないけど。英利くんの言いたいことはなんとなく判るし。ただ……照れくさかっただけ」

「そうか……」

たちまち彼の雰囲気が柔らかくなる。新菜はほっとした。少しでも彼との間に隙間風が吹くようなことはしたくない。

離婚まで間がないとしたら、余計にその日が来るまでは仲良くしていたかった。

新菜は彼の腕に手を絡めてみる。そっと寄り添うと、またさっきの穏やかさが戻ってきた。彼の温もりを感じて、新菜はそれこそ幸せを感じた。

これから先のことは判らない。本当は恐ろしいと思っているけど、そこに目を向けなければ、まだそれはやってきていない未来に過ぎない。

まだ起こっていない未来のことばかり考えていても、今は何もできないのだ。

「暗くなり始めたね」

日が落ちかけている。もうすぐ暗くなり、夜がやってくる。夜の温泉街も風情があるかもしれないが、明日には帰らなくてはならないと思うと、少し悲しい。

行く前は、あんなに行きたくないと思っていたのに。

もう少し彼とこうしていたい。

でも……。

「そろそろ帰ろうか」

彼の言葉が無情に聞こえる。

「その前に、さっきのお土産屋で見ていた……」

「ああ、迷っていたやつ。やっぱり買いにいく？」

「うん」

「じゃあ、行こうか」

英利は新菜の手を握り、歩いていく。日は陰っているけれど、まだ落ちていない。まだ二人の関係は大丈夫だ。

新菜は彼に寄り添い、手の温もりをただ感じていた。


宿に戻ったところで、二人は母達にばったり出会った。

彼女達は夕食前に大浴場に行こうとしていて、新菜も誘われたので、一緒に入ることにした。部屋の露天風呂はまた後で楽しめばいいが、大浴場にも興味があったのだ。

部屋で二人きりをなるべく避けたいという気持ちもあった。外では仲良く寄り添うことができても、部屋の中ではまた違う。つい余計なことばかり考えてしまいがちになってしまう。

大浴場も露天風呂になっているところもあって、新菜と母達はのんびりと湯に浸かった。互いに行った場所について話したりしているうちに、そろそろ夕食の時間となる。

浴衣を着て、部屋に戻ると、英利が一足先に戻っていた。彼もお風呂上がりで浴衣を身に着けている。

彼は新菜を見るなり、にっこりと笑った。

「いいね。浴衣姿」

「え、英利くんも……」

「似合っている?」

「うん」

湯上がりの女性は色っぽいなんて言うが、英利もそうだ。いつもと違う感じがして、なんだか照れてしまう。

やがて夕食が運ばれてきた。

たくさんのご馳走が座卓の上に並び、新菜は目を瞠《みは》る。さすが高級旅館と言うべきか、ひとつひとつの料理の彩りが美しい。きっと驚くほどおいしいのだろう。

「まずは乾杯ね」

新菜はビールの瓶を持って、彼のグラスに注いだ。

「新菜の分、僕が注ぐよ」

彼にも注いでもらって、乾杯をする。ビールはあまり得意じゃなくて飲まない新菜だが、こういう特別なときは何故かおいしく感じる。彼も日頃は晩酌なんてしないけれど、今日は別なのだろう。

部屋で二人きりになるのを避けていた新菜だったが、乾杯して料理を食べ始めると、なんだかテンションが上がる。アルコールのせいだろうか。それとも、豪華な料理のせいか。それとも、温泉効果かもしれない。

いつもより妙に饒舌《じょうぜつ》になってきたのを感じる。

「ずいぶん元気になってきたね」

「だって、旅行が楽しいから。連れてきてくれてありがとう。温泉もよかったし、料理もおいしい。お部屋も綺麗だし、もう言うことなし！」

「……そうか。最近ずいぶん元気がなかったから、心配していたんだ」

彼は新菜の変化に気づいていたらしい。

「そ、そう？　式の準備とかでずっと忙しかったから……」

「それならいいんだけど。式で何かあったんじゃないかと思ったんだ。たとえば……誰か親戚とかに何か言われたとか？」

新菜は咄嗟に首を横に振った。

「そんなことないから……」

あんなに笑顔で頑張っていたのに、英利にはバレていたのだろう。彼がそんなに新菜のことを見ているとは思わなくて意外だった。

でも、彼は勘がいいから……。

きっとそれだけよ。わたしの気持ちには気づかれていないはず。

あの美しい人に嫉妬していたなんて……絶対知られたくない。彼女が元カノでなかったとしても、自分の醜《みにく》い気持ちを彼に知られるのは嫌なのだ。

「英利くん、考えすぎだよ～」

新菜はさっきから日本酒も飲んでいたので、酔いが回ってきたようだ。酔いに任せていると、口が滑らかになる。笑顔もきっと自然に見えるのではないだろうか。

「考えすぎならいいけど、もし何かあるなら、僕に絶対言ってほしいんだ」

彼のほうは同じように飲んでいても、ちっとも酔っていないようだった。真面目な顔でそんなことを言われて、新菜はドキッとする。彼が真剣にそう言ったことが伝わってきたからだ。

わたしが悩んでいるのは英利くんのことだけど……。

でも、言えない。

彼には新菜がまだ妹のように見えているのだろう。自分のことを好きになってくれないからと言って、彼を非難できない。

最初から、見せかけの結婚だと決まっている。期間限定の契約だ。新菜だって、彼との結婚で得るものがたくさんあった。互いにメリットのある関係だったから、新菜の勝手な気持ちで契約を変えてほしいと言うわけにはいかない。

男なんて……他にもいる。

そう思ってみても、心は晴れない。新菜にとって、英利は特別な人になってしまった。それはもう引き返せないのだ。

彼は離婚をすれば自由の身だ。彼がこれからどんな人と恋愛しようが、誰と再婚しようが、新菜には止められない。

「英利くん、優しい……」

新菜は涙ぐんでしまい、慌てて目元を指で拭った。

「泣き上戸だった？　二日酔いになんてなったら、明日帰れないぞ」

「帰りたくないかも……」

新菜は上目遣いで英利を見つめる。彼もまた新菜を見つめ、やがてふっと笑った。

「困ったな。僕も帰りたくない」

二人とも帰らなくてはいけないことは判っている。彼もそうだが、新菜も仕事がある。

「新菜を泣かせるつもりじゃなかったけど、いつでも僕を頼ってほしいというのは本音だ」

「ありがとう」

また泣きたくなったけど、いちいち泣いていたら、彼が困るだろう。新菜は笑いながら、徳利《とっくり》を持って、彼のお猪口《ちょこ》にお酒を注いだ。

「英利くんはちっとも酔わないのね？」

「いや、多少は酔っているよ」

「そう？　酔っているようには全然見えない」

「新菜は酔っているようにしか見えない。頬はほんのり赤いし、口調もちょっと怪しくなってきた」

「やだー」

新菜は両手で頬を押さえた。確かに熱くなっている。

「飲みすぎたかな？」

「たまにはいいよ。今日くらい羽目を外したっていいじゃないか。いつも頑張り過ぎるくらい頑張っているんだから」

「そんなに頑張ってないと思うけど。家事だって、英利くんも手伝ってくれるし」

本来なら、家事は新菜の仕事だ。そういう約束でお金をもらっている。けれども、彼は新菜と過ごしたいという理由で、早く家事が終わるようにとできるだけ手伝ってくれるのだ。

「いや、無理してるんじゃないかと時々心配になってくる」

「大げさねえ。わたし、大学時代はもっと大変だったから、今なんて全然平気よ」

「それならいいんだけど……。新菜、目がトロンとしてきたよ」

「そうなの。少し眠いかも」

「じゃあ、横になっていたら？」

せっかくの旅行なのに、今眠ってしまうのはもったいない。彼と二人きりが気まずいと思っていたが、アルコールが回っていることもあり、少しでも彼と楽しく喋っていたかった。

「大丈夫。起きてるから……」

「後で起こしてあげるよ。部屋の露天風呂にも一緒に入りたいし」

そうだ。部屋の露天風呂には絶対入ってみたい。けれども、今の新菜は眠くて目が閉じてきてしまっている。

「じゃあ、少しだけ」

新菜は席を立つと、ふらふらとダブルベッドへ行き、横になった。

少しして、新菜はふと目が覚めた。

視界に、英利が見える。彼は新菜の横に寝そべり、髪に触れていた。

「あ、ごめん。まだ眠かった？」

「……大丈夫。ずいぶん眠っていた？」

「一時間くらいだよ」

よかった。それくらいなら、まだ夜は終わっていない。まだ二人きりで過ごせる時間は残っている。

きっと英利と旅行に行くのも、これが最後だろうから……。

精一杯、楽しんでおこう。そうして、彼との思い出を作っておきたい。

「風呂に入る？」

「うん……入ろう」

辺りはすっかり暗いが、庭には明かりがついている。本当は明るい内に入って、景色を楽しむものだろうが、やはり外で裸になるのはどうも気になるのだ。

髪をアップにして浴衣と下着を脱ぎ、外に出る。タオルで一応押さえているけれど、暗いからこそ大胆になれるのかもしれない。

かけ湯をしてから、ゆっくりと熱い湯に浸かり、先に入っていた英利の隣へ行く。

「いいお湯だね」

「本当。なんだか滑らかというか……肌にまとわりつくみたい」

確かパンフレットに、肌がすべすべになるという効能が書いてあったような気がする。お湯をすくって、顔にかけてみた。

彼は新菜の頬を撫でて、ニヤリとする。

「肌にいいみたいだな。明日には艶々になっているんじゃないか？」

「英利くんもね」

新菜も濡れた手で彼の頬を撫でた。

「あんまり艶々になっていたら、会社で揶揄われるかもしれないな」

「秘書の人に笑われちゃうかも」

二人でクスクス笑いながら、お湯の中でふざけ合う。やはり旅行に来てよかった。結婚式以来、前みたいに気楽な関係でいられなくなっていたから、やはりこの旅行はよかったのだ。

もちろん彼が旅行を企画したのは、新菜のためではなかっただろうけど。

「本当に新菜が元気になってよかった」

彼がしみじみと呟く。

「心配かけていたみたいでごめんなさい」

「いいんだよ。僕達は夫婦なんだから」

偽物の夫婦だと思うと、胸の奥がツキンと痛む。

でも、今はそのことを考えたくない。

「また旅行に来たいな……」

そんな願い叶うわけがないのに、新菜は口にする。

「うん。また来ようね。今度はババ抜きで」

「あ、ババだなんて……！　口が悪いわよ」

新菜は彼の頬をつまんで引っ張った。

二人はまた笑い合い、じゃれ合った。

「……でも、本当にまた来よう。新婚旅行もまだだし。まとまった休暇が取れそうになったら、すぐに予定を入れるつもりだけど……どこがいい？　行きたいところあるかな？」

新婚旅行なんてお金の無駄だ。

だって、わたし達はもうすぐ別れるんだもの。

そう思いながらも、新菜は夢を語った。

「ヨーロッパに行きたい。子供の頃、お城に連れていってもらったけど、また行ってみたい」

新菜は英利と二人で旅行に行くところを思い描いた。

きっと、どんな場所でも彼と一緒なら楽しいだろう。

「古城巡りってやつだね。うん、判った」

彼は本気で予定を入れそうだった。

運がよければ、離婚する前に旅行に行けるかもしれない。いや、期待しないでおこう。期待して叶わなかったら悲しいから。

「そろそろ上がらないと……のぼせそうだな」

彼の言葉で、新菜は現実に戻されそうになる。

ううん。まだ夢の続きは終わらせたくない。幸せな新婦のように、今日は彼に抱かれたかった。

二人は身体を拭いて、新菜は髪をまとめていたピンを外す。すると、くるくると長い髪が落ちていって、胸にかかった。新菜はその髪をかき上げて、彼を見つめる。

「肌がピンク色になっているから、いつもより色っぽく見えるな」

「英利くんも」

彼はふっと笑って、新菜をダブルベッドに誘う。

二人はベッドに寝転び、お互いの顔を見つめ合った。彼の瞳が熱っぽくて、見つめられるだけで身体が熱くなりそうだ。

キスしたい……。

自分からそう思うことはあまりなかった。いや、思ったとしても、その前に彼がキスをしてくれていた。

でも、今日は……今夜は……。

わたしからしてみたい。

「……キスしてもいい？」

小さな声で尋ねた。すると、彼は驚いたように目を見開き、それからふっと微笑んだ。甘く蕩けるような笑顔で、新菜は胸の奥まで熱くなってくる。

新菜はいつも受け身だった。彼に愛撫するときも、促されてから行動していた。だから、新菜からキスしたいと言い出したことは、彼にとっても驚きだったことだろう。

「いいよ。……上に乗る？」

「え？　あっ……」

新菜は彼に手を引っ張られ、仰向《あおむ》けになった彼の上に乗ることになった。

いつも見下ろされていたから、彼を見下ろすことになり、新鮮な気持ちになる。急に胸がドキドキしてきた。

彼は戸惑う新菜を見て、クスッと小さく笑う。

「可愛いなあ。どうしたらいいか判らない？」

「キ、キスでしょ？　唇を合わせればいいのよ」

「うん。そうだね。じゃあ……して」

誘うように目を閉じられた。いつも新菜が目を閉じるほうだったのに、これもなんだか新鮮だ。キスを待つお姫様が英利なのだ。

でも……似合うかも。

だって、彼はとても綺麗な顔をしているから。

肌だって綺麗。彼がもう三十代半ばなんて信じられなかった。お姫様じゃなくても、王子様にはきっとなれるだろう。

新菜はまたキスをしたい衝動にかられ、身を乗り出す。そして、彼の唇に自分の唇をそっと合わせた。

柔らかい唇……。

いつも合わせているけれど、自分からするとその感触が妙にリアルに感じてしまう。

大好き。英利くん……。

好きでたまらない。愛してる……。

言葉にはしない。でも、その気持ちを込めてキスをしていく。舌を差し込み、彼の口の中を愛撫してみた。

わたしの気持ちがキスを通して伝わったらいいのに。

ふと、そんなことを思った。けれど、伝わってしまったら、自分が困ることになる。彼は新菜をずっと妻にしておくつもりなんてない。それなのに、気持ちが伝わったら惨めなだけだ。

だから……このままでいい。

もし奇跡が起こって、彼がわたしを愛してくれるようになったらいいけれど。だけど、そんな夢を見たところでどうなるの？

「ん……ふっ……うん……っ」

気がつけば、新菜の舌は捉えられている。逆に彼のほうからキスを仕掛けられていた。

「も……もう……わたしがしたいって言ったのに！」

彼は目を開けて、またふふっと笑う。やはり彼は意地悪だ。

「今日は新菜の好きにしていいよ」

「えっ、でも……」

「ほら……」

手を取られ、下半身に導かれる。そこは硬くそそり立つものがあり、新菜の頬は火照りだす。

「新菜が欲しくて、こんなになっているんだ」

「キ……キスしちゃうけど？　他にも……いろんなところ」

「いいよ。どうぞ」

新菜は身体をずらして、彼の裸体を眺めた。引き締まった身体つきで、思わず肩や腕に触れて、そっと撫でてしまう。

女性の自分とは違う身体だ。柔らかではなく、筋肉の硬さを感じる。だけど、肌は滑らかで、撫でると気持ちがいい。

キスマークなんてつけるつもりはないけれど、唇で印をつけるように、新菜は肩にそっとキスをした。

今はわたしだけのものだから……。

唇をずらしていき、首筋や鎖骨の辺り、それから腕から手の甲、掌、指先にも丁寧にキスをしていく。筋肉に覆われた胸やお腹にもキスをした。そうして、ようやく下腹部に辿り着いた。

勃ち上がっている部分を優しく両手で包み込むと、彼は溜息のような声を洩らす。彼にはきっと新菜が焦らしているように感じられたかもしれない。

新菜だって、早く触れてほしいところになかなか触れてもらえないと、焦れて仕方がなかった。だが、新菜としては、彼の身体の至る所に触れて、キスをしてみたかったのだ。

そう。焦らすつもりなんて……。

新菜は両手で包み込んだものにキスをした。彼が一瞬うめくような声を出す。キスすると、やはり彼も感じるのだろう。

彼をもっともっと感じさせたくて、新菜は舌でその部分を舐めていく。

室内に湿った音が聞こえる。彼が快感を覚えていると思うと、何故だか新菜も身体の奥に熱い痺れを感じるようになっていた。

ああ、もっと……もっと。

新菜は彼のものを口に含んだ。愛撫しているうちに、たまらなく愛おしくなってしまって、そうせずにはいられなかったのだ。

唇と舌を使って、彼を責め立てる。

新菜は身体中を巡る熱い想いに耐えられず、いつの間にか腰を揺らしていた。

「……新菜。もういいよ」

新菜はボンヤリしながら、顔を上げた。頭が上手く働かない。熱に浮かされたみたいに、彼の顔をただ見つめた。

「今度は新菜の番だ。こっちにおいで」

彼は新菜に向かって手を差し出している。誘導されるまま、新菜は再び彼の上に乗った。

「あっ、ちょ…っ……いやっ……！」

さっきとは反対を向いている。彼にお尻を向けている状態になり、新菜は焦って逃げようとした。

しかし、彼に腰を掴まれて、引き戻される。

「や……やだっ……てぇ……っ！」

敏感な部分に触れられて、息が一瞬止まった。襞《ひだ》をかき分けるように指が這わされる。両脚を広げているので、侵入を阻むことはできなかった。

「あぁ……はぁ……ぁん……っ」

こんな恥ずかしい格好をしているのに抵抗できない。

いや、抵抗したいわけではないのかもしれない。ただ恥ずかしいだけで。愛撫は巧みで、新菜はすぐに息も絶え絶えになるほど感じている。

痴態を見られるのは初めてじゃない。いつだってそうなのだけど……。

どんなに乱れても、彼はわたしを見放したりしない。それは判っている。でも……。

息遣いが荒くなる。身体が……腰が……脚が震えている。

いつしか、新菜は彼を愛撫するどころではなく、ただ快感に呑み込まれていた。

「新菜……」

彼の声が聞こえる。新菜はようやく顔を上げた。身体はまだ甘い疼きに侵されていて、どうにかなりそうだった。

「僕はもう我慢できないよ」

「わ……わたしも……」

思わず本音を告げてしまう。

だって、本当に限界だったから。

新菜はシーツに押しつけられ、上から唇を重ねられる。奪うような激しいキスで、唇を貪られた。

こんなふうにキスされるのは初めて……。

それくらい、彼も興奮しているということだろう。彼は性急に己自身を新菜の中に沈めていった。

「くぅ……ん……っ」

奥に当たり、身体がビクンと跳ねる。

ギュッと抱き締められ、彼の大きすぎる情熱を感じた。新菜も彼を必死で抱き返す。自分の情熱を伝えたくて。

わたしをこんなふうに乱れさせているのは、快感だけじゃないんだって……。

胸の中から熱くて甘い想いが溢《あふ》れてくる。

どうか……。

誰か……。

助けて。

苦しくてたまらないから。

しがみつきながら、キスを交わす。熱情と快楽が交じり合いながら、新菜を嵐のように翻弄した。

奥まで突き入れられる度に、身体が震える。

身体の中も外も疼いて仕方がない。息が弾み、鼓動が速い。全身が熱くなり、頭の中まで沸騰しそうになってしまっている。

身体の芯から快感がせり上がってきて……。

新菜は絶頂を味わった。

「あぁ……ぁぁん！」

彼もほぼ同時に昇りつめて、新菜をきつく抱き締める。

二人はそのまま息が整うまで抱き合った。

翌朝、新菜は彼の腕に抱かれて目が覚めた。

もちろん、そんなふうに抱かれて目覚めるのは、よくあることだった。それでも、今日はいつもと違うと感じるのは何故なのだろう。

旅行先だからだろうか。それとも、昨夜はいつもと違った夜を過ごしたからか。新菜の気持ちも昨夜は普段と違っていた。

この旅行が最後の思い出になる気がしたから……。

彼は新婚旅行の話をしていたが、本当に行けるとは思えない。彼は今まで結婚にたくさんお金を使っている。結婚式もそうだが、新菜の家族にずいぶん援助をしてくれた。それに、家事に対して給金を払ってくれた。

だけど、結婚式と披露宴を終えた今、当初の目的だった実家を彼のものにするという話は進んでいる。これが完了したら、すべてが終わる。しばらく一緒にいるかもしれないが、新菜と結婚している意味はもうなくなる。

今更、わざわざ新婚旅行へ行くなんてないと思うのだ。

行かないはずの旅行の話をするなんて……意外と彼も残酷なのかもしれない。意地悪のつもりではないだろうし、なんとなく成り行きで口から飛び出してしまったのか。

いずれにしても、新婚旅行に行けると思ってはいけない。

新菜は自分を戒めながら、英利の寝顔を見つめた。

前髪が瞼にかかっている。新菜はふっと笑い、指で前髪をつまんだ。すると、彼がようやく目を開けた。

「おはよう……英利くん」

彼は何故か嬉しそうに微笑んだ。

「おはよう」

起き上がろうとする新菜を引き留めて、彼はキスをしてきた。

「……もう……朝なんだから」

「だから何？」

「起きたほうがいいんじゃない？」

「何時？　……まだ早いじゃないか。もう一回、風呂に入る？」

確かにお風呂に入る時間はあるみたいだ。せっかくの温泉なので、もう一度くらい入っておきたい。

二人はベッドから離れ、露天風呂に身を沈めた。

熱い湯が心地いい。昨夜は抱き合った後にもう一度入ったが、やはり朝日の中では坪庭も綺麗に見えて、気分がよかった。

大浴場も含めて三度も温泉に入ったのだから、これで充分だろう。

風呂から上がり、服を身に着ける。広縁の椅子に座って髪を梳《す》いている途中で、ふと新菜は昨夜のことを思い出した。

抱かれた後、何か引っかかっていたけれど、あのときはそれがなんなのか判らなかった。だが、今になってやっと思い出したのだ。

「昨日……避妊したかな……？」

どうも忘れていたような気がする。だけど、新菜は夢中になっていたから、記憶が飛んでいただけかもしれない。

お土産をひとつのバッグにまとめていた英利は、顔を上げた。

「……ごめん。昨日は忘れていた」

彼はあっさりと答える。あまりにも平然としていて、新菜は驚いた。

「そんな……。どうしてしなかったの？」

新菜はショックだった。何故なら、彼は長くても二年で別れる予定だったはずだ。避妊を忘れたら、妊娠というリスクがあることは承知していたのに、どうして今までちゃんとやってきた避妊を昨夜に限って忘れてしまっていたのだろう。

動揺する新菜に、彼は軽く問いかける。

「新菜は子供が嫌い？」

「好きだけど……今はそのこととは関係ないし」

「それなら、僕の子供はいらないってこと？」

新菜は答えに詰まった。

そんなことを言われても困る。たとえ彼が別れるつもりだったとしても、産んでほしいと言われたら産みたいと思う。

でも……別に彼は子供なんて欲しがってないでしょう？

どうしてそんなことを言うの？

新菜は混乱してしまった。

「……英利くんはどうなの？」

「僕は……もし子供が生まれるなら嬉しいよ」

そうなの？　嬉しいの？

生まれてきた子供はどうなるの？

新菜の頭には、一人で子供を育てる自分の姿が浮かんだ。たまに彼が恋人と共に、子供の面会にやってくるところを想像して、胸が痛くなる。

「そんなの……嫌」

「……嫌なんだ？」

彼は静かにそう言った。だが、何故か眉をひそめている。

「だって……」

新菜は唇を噛んだ。

恋人と一緒ではなくても、彼は子供には会いにくるだろう。他人同士となった二人を思い浮かべると、やはり切なくて仕方ない。

「困ったな。緊急避妊薬という手があるけど」

新菜はその言葉にも動揺する。確かその薬は医師に処方してもらわないといけないはずだ。それに、もし受精していたらと思うと、そんな薬を使いたくないと思う。

「で、でも……時期的に大丈夫よ。たぶん」

絶対とは言えないが、生理周期は安定しているほうだ。妊娠はしないはずだ。

「そうか……。でも、もし体調に変化があったら、ちゃんと教えてほしい。僕は子供ができてもいいと思っているから」

「……うん」

どうして子供ができてもいいと思っているのだろう。もしかして、子供ができたら、結婚を継続するつもりがあるということなのだろうか。

でも……。

それでいいの?

いや、どのみち妊娠しないだろうから、そんなことを考えても仕方ない。

どうぞ妊娠しませんように。

新菜はそう祈るしかなかった。

第六章　永遠の絆ができた二人

旅行から帰ってきて三日ほど経った。

避妊のことでのやり取りから、普通に生活をしていても、二人の間には微妙な空気が流れるようになっていた。

旅行に行く前は、新菜のほうから彼と少し距離を取っていたが、今は彼のほうからだ。といっても、相変わらず優しく接してくれるし、ベッドも共にしている。

ただ……なんとなく肌に感じる空気が違う。

だけど、新菜にはその理由が判らなかった。彼のほうが避妊を忘れていたことにショックを受けるなら判る。だが、実際には逆だった。

ショックを受けてどうしようと思ったのが新菜で、彼は子供ができてもいいと言っていた。

実際にはそうではなかったってこと？

やっぱり、新菜に子供ができたらマズイと思い始めたってこと？

よく判らない。気がかりは、旅行から帰ってきてすぐ生理が始まると思っていたのに、現状で少し遅れているということだ。新菜の周期はだいたい正確だったから、少しでも遅れていると気になって仕方ない。

きっと、結婚式なんかがあったから、ほんの少し遅れているだけだ。だから、なるべく気にしないでおこう。新菜はそう思いながら、今日も会社で仕事をして帰ってきた。

昼休みに、英利から『今日は遅くなる』という連絡をもらっている。といっても、夕食は家で食べる予定らしく、先に食べていていいという。

一人で食べる夕食はやはり味気ない。彼がいつ帰ってくるか判らないから食べ始めたものの、あまり食べられなかった。

帰りが遅くなると言われただけで、こんなふうなのだ。いつか別れが来ると覚悟していても、実際に離婚しようと言われたら、どんなにショックを受けるのだろう。

覚悟が足りないのだ。いや、覚悟していたつもりなのに、我ながら情けない。

それほどまでに彼に夢中になってしまっているのだろう。今となっては、英利は新菜にとって大事な人で、できることならずっと傍にいたい。そんな願いを抱えながら、いつ来るか判らない別れを予感しながら、これからも共に生活するのはつらいかもしれない。

だからといって、今、彼とは別れられない。彼側の事情もあるけれど、できるだけ別れまでの時間を引き延ばしたい気持ちもあった。

もし別れたら……わたしはずっとこうして一人でご飯を食べるのかな。

離婚したら、もちろん新菜は実家に戻るだろう。そうして、母と弟との生活が再び始まるのだ。だから、淋しい想いなんてしないはずだ。

そう思うのに、どうしてこんなに淋しいのだろう。どうしてこんなに悲しくてたまらないのか。実際にはまだ起こっていないことなのに。

きっと一人で過ごしているからだ。彼が帰ってくれれば、そんなことを思う余裕はなくなる。だから……早く帰ってきて。

新菜は先に夕食を摂ったものの、風呂に入らず彼を待っていた。帰ってきたら、すぐに給仕してあげたいからだ。

英利が帰宅したのは、幸いそんなに遅い時間ではなかった。

新菜は玄関まで彼を迎えに出て、いつものようにお帰りのキスをする。彼はどことなく心ここにあらずだが、それは最近ずっとそうだった。なので、新菜はそれに気づかぬふりをして笑顔を作る。

「お腹空いたでしょ。用意するから着替えてきて」

「ああ、頼む」

彼が普段着に着替える間に、夕食を温め直す。ご飯をよそって、食卓を整えていると、彼がダイニングにやってきた。

「ああ、やっぱり新菜の料理はおいしいな。癒《いや》されるよ」

新菜はクスッと笑う。

「料理に癒されるってどういう意味？」

「ほっとするって意味だよ。我が家に帰ってきたんだなあってね」

やはり今日は何かあったのだろうか。彼の元気がないのが気になる。

彼は仕事のことは話さない。ということは、仕事で何かあったのだろうか。訊いてもいいかどうか判らなかったが、新菜は彼が夕食を食べ終わるタイミングで、さり気なく尋ねてみた。

「今日はお仕事忙しかったの？」

彼はほんの少し溜息をつき、食器を下げるために席を立った。

「いや、実は……今日は実家に行ってきたんだ。父の書斎で司法書士を交えて、あの家の売買契約をしてきた。後は名義変更の手続きをしてもらうだけだ」

息が止まるかと思った。

実家を彼のものにすることは、この結婚の目的だったからだ。ついに彼の望みが叶ったということで、後はしばらく過ごせばこの結婚は完了となる。

別れる条件は整ったということだ。

でも、彼にとってはおめでたい話だ。

「よかったじゃない！　これで安心ね！」

新菜は少し大げさなくらい嬉しがってみせた。しかし、彼は何故だかあまり浮かない顔をしている。

「……どうしたの？　それが一番の願いだったんじゃないの？」

「そうなんだが……。母が爆弾発言をしたんだ」

「えっ、お義母さんが？　どういうこと？」

実家が彼の手に渡ったことは、いずれは彼の母にも告げるはずではあっただろう。けれど、前に聞いた話では、当面はそのままにするということだった。

「お義母さんに実家を買ったって言ったの？」

「言ってない。が、口止めしたはずなのに、父が勝手に喋っていたんだ。父はさっさと家を出ていくつもりで、次に住むところをすでに確保していた。それで母と別居したいという話をしたらしい」

義父はやはり自分勝手なのだ。いつも自分の都合だけで動いている。確かに二人の関係はとっくに冷え切っていたようだ。譲治を引き取って以来のことだから、もうずいぶん経つ。けれども、今までずっと同居もしていたのだから、お互いこれからもそういう人生設計でいたと思う。

それなのに、急に別居を突きつけられるなんて……。義母はさぞかしショックだったはず。

もしかして、英利の計画は裏目に出たのだろうか。彼が実家を自分のものにしなければ、義両親はそのままだったかもしれない。

でも、最初に実家を譲る話を持ち出したのは、彼の父親だった。それなら、初めからその計画だったということなのか。いずれにしても、義母が心配だ。

この間まで楽しそうに旅行をしていたのに……。

「じゃあ、お義母さんはそのことで……？」

「ああ。別居じゃなく離婚したい、と」

「……えっ」

「うちの親はいつ離婚してもおかしくなかったけど、ずっと一緒にいた。恐らく父の側は財産を分けるのが嫌だったからだろう。母のほうは……意地だったのかもしれない。とはいえ、どうやら母は僕が結婚したことで、一区切りがついた気がして、少し前から離婚を考えていたようなんだ」

それでは、実家の所有権や別居は関係なかったのか……。

少しほっとした新菜だったが、あることに気がついた。

義母が離婚するつもりだったなら、あの庭にはそれほど未練はなかったということなのか。それなら、実家の所有権を手にするために結婚までした彼はどうなるの？

やっと目的が果たされたというのに、結局はなんの意味もなかったってこと？

じゃあ……わたし達はどうなるの？

両親が離婚するなら、それに紛れて自分達も離婚ということになるのかもしれない。両親の離婚がショックで……とか言い訳もできる。いや、それが理由になるのかどうか判らないが。彼にしてみれば、犠牲を払った意味がなくなって、結婚生活をするモチベーションが保てないのではないだろうか。

だって、すべては義母のためだったんだから……。

「お義父さんは離婚を受け入れるつもりなの？」

「父には拒否できないさ。母はこのために父の浮気調査を直近まですべてしていた。証拠はたんまりあるんだ。母に有利すぎる」

「それじゃ……」

「ああ。母はもう完全に離婚するつもりでいる。しかも……父と同じで、すでに次の住居についても目星をつけていた」

「そんな……ダメよ！　離婚するのはいいけど、お義母さんがあの家を出るなんて……」

母のためにと思って彼のしたことがすべて無駄になる。それだけは阻止しなくては。

「もちろん引き留めるつもりだ。ただ、母のためにしたことが裏目に出たみたいで……。いや、離婚は嬉しいんだが」

英利も混乱しているようだ。無理もない。新菜だって動揺している。

わたし達の結婚はどうなるの……？

不安が胸に押し寄せてくる。目の前ですべてが変わっていく。新菜はそれを止めることができなかった。

そう。わたしはずっと流されるだけだったから。

彼がプロポーズしてきて、結局は流されて結婚した。結婚するふりをするつもりだったのに、流されて本当の結婚生活を送ることになった。

だから、彼が離婚するなら、自分はまたそれを受け入れなくてはいけないのだ。

離婚したくない……。

新菜はそう言いたかった。心の中もそうだった。けれども、それを口に出すことはないのだろう。離婚するときも、ただ流されるままだ。

新菜の胸には虚しさが漂っていた。

「英利くん……」

彼に何か言葉をかけたかった。しかし、なんにも浮かばない。

慰める？　でも、それはおかしい。彼は両親の離婚を喜んではいるのだから。ただ、新菜と同様、虚しいだけなのかもしれない。

自分のしてきたことはなんだったのだろう、と。

なんとか彼に元気を出してほしくて、無理やりポジティブな言葉を絞り出す。

「でも、考えようによってはよかったじゃない」

新菜はなるべく明るい口調で、彼の腕に触れて言った。

「よかった……かな？　まあ別居より離婚のほうがいいかもしれないけど」

「ほら……お義父さんも自分が離婚するとなると、わたし達のことあれこれ言ってこないでしょう？　だったら、わたし達の結婚もいつでも終われるじゃない？　英利くんも晴れて自由の身になれる……」

無理やり楽しそうに話してみた。本当は離婚したくないけれど、これで彼が元気になってくれればいいと思ったのだ。

どうせ、彼には結婚式に現れた美女がいるんだし……。今は付き合っていなくても、ドレス姿を褒めたくなるくらいの気持ちはあるみたいだ。自分と離婚すれば、彼は今すぐ新しい恋人と付き合うことができるのだ。

しかし、英利は新菜の手を強く振り払った。

「君は僕の気持ちなんか何も判っていないんだな！」

新菜は驚いて、一歩下がった。

彼がそんなに激しい口調で話しているところを初めて見たからだ。

わたし……いけないことを言った？　彼のために……本音を押し殺したのに、どうしてそんなに怒るの？

それとも、能天気な言い方がよくなかったのだろうか。

母親の離婚で頭がいっぱいで、次の恋人どころではないのかもしれない。

「……ご、ごめんなさ……」

「いや、謝らなくていい」

彼はすぐに落ち着きを取り戻し、冷静な口調で言う。

「君が早く離婚したいのは判る。だけど、さすがに式を挙げたばかりで世間体が悪い。長くて二年と言ったね？　せめて一年までは我慢してほしい」

冷静というより、なんだかとても冷たい言い方に聞こえた。

世間体だなんて……。

いや、それは理解しているつもりだ。彼は会社の代表だ。確かに式を挙げたばかりで、こんなに早く離婚はできないだろう。

でも……彼は世間体のためだけに、わたしとしばらく一緒にいるのね。

少しくらい情があるものだと思っていたけれど、そんなことを期待することは間違っているのか。

「じゃあ……風呂に入ってくる」

「うん……」

彼はダイニングを後にした。新菜はその背中を見送って、後片付けをしようと食器を手に取る。

だが、その手が震えているのに気がついた。

大丈夫。大丈夫。わたしは平気。

ただ、まだ動揺しているだけだ。

新菜は食器を食洗機に入れて、スタートボタンを押した。すぐに機械が動き出す音がする。汚れたものはじきに綺麗になるから、新菜は何もする必要がない。

このままわたしの心も自動的に綺麗になってしまえばいいのに。

彼が自由に生きたいなら、その意思を尊重すべきだ。彼には彼の幸せがあるのだから。愛する人の幸せを祈りたい。

でも……わたしの本音は違う。

本当は彼から離れたくない。離婚なんて絶対にしたくない。どんなに醜くてもいいから、彼にしがみついていたい。

そうすれば、彼はわたしを見放したりしないだろう。

彼は優しい人だから。

だけど、それは卑怯《ひきょう》だ。そんなふうにすがりついても、彼には迷惑なだけだ。どんなにつらくても、離婚を求められたら、笑って見送ろう。

そう思いながらも、胸の奥が痛くてたまらない。

新菜は大きく息を吸い込んだ。

ああ……ダメだ。涙が出てきてしまう。もう止められない。

彼は浴室に行ったはずだ。今なら泣いてもバレない。

その場でしゃがみ込んで、両手で顔を覆う。抑えきれない涙が溢《あふ》れ出てきて、声を出さずに泣き続けた。

肩が震える。背中が震える。抑えた嗚咽《おえつ》が洩れそうになり、必死で拳で口を押さえた。

本当は……ずっと彼と一緒に生きていきたい。優しさに包まれて、彼の腕の中で安らぎたい。彼のために尽くして……。

それから、子供を産みたい。

ああ、いっそ妊娠していればいいのに。

子供がいれば、離婚しても繋がりは残る。そんな姑息《こそく》なことまで考えてしまい、彼への気持ちの深さにおののいてしまう。

だって……好きなんだから。

愛しているんだから。

明日からまた笑顔で頑張るから、どうか今だけ泣かせてほしい。

「……新菜！　どうしたんだっ？」

突然、英利の声が聞こえ、ビクッと身体を震わせた。どうして浴室に向かったはずの彼が、キッチンに戻ってきたのだろう。

新菜は思わず顔を伏せたままで、彼に背を向けた。涙なんて見られたくない。そう思って、急いで涙を拭こうとしたのだが、遅かった。彼は屈《かが》んで、新菜の肩を抱き、顔を覗《のぞ》き込《こ》んできた。

「具合でも悪いのか？」

そう尋ねた彼は新菜の手をはねのける。彼は涙に気づき、一瞬絶句した。

「……どうして泣いているんだ？」

「な……なんでもない……」

「なんでもなくて泣いたりしないだろう？　理由を教えてくれ」

そんなことは言いたくない。新菜は黙って首を左右に振った。

彼は新菜の頬に指を這わせた。涙の跡を辿っていることに気づくと、再び涙が溢れ出てくる。新菜はたまらず彼の胸に飛び込んで泣いてしまった。

これだって……卑怯だ。泣き落としをしているみたいだ。

そう思いながらも、新菜には他にすべがなかった。せめて、少しの間だけでもこの腕の中で泣かせてほしい。

彼は新菜を抱き締め、背中を優しくさする。

「ごめん……。僕がさっき怒鳴ったりしたからだな？」

彼は見当違いのことを言っている。

「この場を離れて、少し頭が冷えて戻ってきたんだ。新菜に謝らなくちゃって。本当にごめん」

このまま彼を誤解させておこう。新菜は頷こうとしたが、何故だかできなかった。

だって、彼はさっき自分の気持ちを新菜が判っていないと言った。けれども、彼のほうこそ、新菜の気持ちなんて理解していないのだ。

二人の心は完全にすれ違っている。

だって、彼は自分の気持ちをこちらに伝えていないし、新菜も彼には何も言っていない。判らないのも当然なのだ。

気持ちなんて伝えようとしなければ伝わらない。新菜は今まで彼に自分の気持ちを知られないようにしていた。どうせ片想《かたおも》いだから。

でも、彼の気持ちって……何？

わたしは何か見落としていた？

もしかして、何か誤解していた……？

ううん。そんなことはないはず。彼は一度だって、このまま結婚を続けたいなんて言わなかった。

それなら、当初の約束どおりを目的が達成されたら別れるつもりでいるはずだ。

「あんなことを言うべきじゃなかった。……許してくれ」

彼の優しい声に、新菜は顔を上げた。

もう泣きやもう。こちらからも謝ろう。こんなふうに泣いてしまったことを。

でも、彼の目を見てしまったら、何も言えなくなる。目が涙で霞《かす》んで彼の顔が見えなくなってきた。

「英利くんだって……わたしの気持ちが判ってないじゃない」

口をついて出てきたのは、そんな言葉だった。

そんなつもりはなかったのに。素直に謝るはずだったのに、どうしてこんなことを言ってしまったのだろう。

新菜は目を擦り、彼の腕から離れようとした。しかし、彼がそれを許さなかった。

両手で頬を包み、涙に濡れた瞳をじっと見つめてくる。彼の真剣な眼差しに、視線が外せなくなった。

息が止まる。

だって、彼がじっと見つめてくるから。

やがて彼が優しく微笑む。

「君の気持ち……知りたい。教えてくれ」

新菜は首を横に振った。

「言わないなら意地悪するぞ」

こんなときに『意地悪』なんて子供じみた言葉を持ち出すなんて。なんだかおかしくなって、新菜は少し笑った。

「意地悪って……どんな？」

「君がもうやめてというくらいキスをして、何度だって抱く。僕の気持ちが伝わるまで」

胸の中がドキッとする。

もしかして『僕の気持ち』って……。

わたしの気持ちと同じ……？

彼はまっすぐ情熱をたたえた瞳で見つめている。

新菜は彼が何も言わないから、結婚の期間は最初に決められたとおりだと思い込んでいた。それどころか、彼は早く離婚したがっている、と。

確かに言葉では伝えられなかった。

けれども、彼は何度も優しくキスをして、何度も抱いてくれた。こんなふうに新菜しか見ていないような眼差しで。

いつだって、彼はわたしを支えていてくれた。

彼は何度も新菜に向けて、言葉ではないものを伝えようとしてくれていたのかもしれない。

本当はそうじゃないのかもしれない。新菜が勝手に自分の都合のいいように考えたがっているだけで、実際は離婚したいのかもしれない。

だけど、わたしは一度もそれを確かめたことがない。

彼に自分の気持ちを押しつけたくないと思っていた。でも、本当は勇気がなかった。尋ねてみて、彼の気持ちがやはり自分に向いていないということが判るのが怖かった。

新菜は可能性に賭けたかった。

彼がわたしを愛している可能性を。

それを確かめずに逃げてしまったら、きっと後悔する。あのとき勇気を出しておけばよかったのにと思うだろう。

「あの……あのね、ひとつだけ訊いていていい？」

新菜はおずおずと尋ねた。

彼は微笑んで、新菜の頬を包んだまま親指で撫でた。

「いいよ」

「英利くんの気持ちって……？」

彼は新菜を見つめて微笑む。

「……この結婚を続けたい。ずっと。一生」

その言葉を聞いた途端、また涙が溢《あふ》れ出す。

「君は嫌か？」

涙が口に入るけれど、それに構わず言った。

「嫌じゃない……！　わたしもずっと……ずっと続けたい」

本当は想いの丈を語りたい。だけど、泣いていたから気の利いた言葉が出てこない。

「よかった」

彼は優しく笑い、唇を重ねてきた。新菜は彼の首に腕を回し、引き寄せる。

わたしの願いは叶った……！

胸に喜びが溢れているのに、何故だか涙が止まらない。涙まじりのしょっぱいキスが、キッチンの床に座り込んだ二人の間で延々と交わされた。

やがて彼は唇を離すと、額をコツンと合わせる。

「……本当によかった。謝ろうと思い立たなければ、君の本音を聞き出せなかった」

「ごめんなさい……」

「僕も悪かった。君にそれとなく伝えているつもりだったけど、全然伝わっていなかったから。僕の子供は欲しくないみたいだし、挙句にいつでも離婚できる、なんて……」

新菜は慌てて言った。彼は彼で新菜の言葉で傷ついていたらしい。

「違うから。英利くんの子供は欲しかったけど、別れるつもりなんだとばかり思っていたから……。新しい恋人と一緒に、子供の面会に来られたら嫌だなって……」

「新菜と別れて、他の誰を恋人にするって？」

「ほら……結婚式に招待していたじゃない。綺麗な人。英利くんはドレス姿が似合ってるって褒めていた……」

あの艶《あで》やかな美女のことを思い出したら、胸の奥が苦しくなってくる。普通、ただの友人にドレスが似合っているなんて褒めたりしないはずだ。

「ああ、あいつか……！　まさかあいつを新しい恋人にするって？」

英利は笑い出した。あの美女は問題外と言わんばかりだ。とはいえ『あいつ』呼ばわりするなんて、相当親しい間柄ということだ。

「だって譲治くんが、あの人は英利くんの元カノだって……」

彼は眉をひそめた。

「譲治の奴、そんなことを君に吹き込んでいたのか。だから、結婚式からずっと元気がなかったんだな。でも、デタラメだからな」

彼女に嫉妬していたことを、本当は知られたくなかった。けれども、元カノではなかったのなら、少しはホッとする。

「実家にも来たことがあるなんて言っていたから」

「ああ……確かに来たことがある。相談を受けていたんだ。……デリケートな話題だから、あいつのいないところで話すのは躊躇われるけど、たぶん事情を知ったら許してくれると思う」

「え、その、秘密なら無理に知りたいとは思わないから」

さすがに、よく知らない人の相談事を聞くのは申し訳ない。

「いや、誤解のないようにしたい。あいつは生まれたときの性別が男だったんだ」

「あ……そうだったの」

新菜の肩から緊張が抜けた。

それなら『あいつ』呼びなのも判る。

「大学時代は髪を長く伸ばしていたし、どちらとも言えない格好をしていたけど、手術はしていなかった。今はちゃんと女になっている。ドレスも似合っていただろう？」

そういうことか。だから、彼はわざわざドレス姿を褒めていたのだ。

「納得してくれた？」

「うん……。変に疑ってごめんなさい」

「おかしなことを吹き込まれたら、疑うのも無理はないさ。でも……僕がよそ見するかもしれないなんて心配はいらない」

彼は新菜の髪をそっと撫でてきた。

優しい仕草に、新菜はうっとりする。

「英利くんは格好よくてモテそうだから」

「僕は浮気しない」

確かに彼は父親の浮気で傷ついている。結婚している間に自分が浮気なんてしないだろう。

「浮気できないくらい、新菜が好きなんだ」

ドキンと胸が高鳴る。

「……本当に？　わたしなんか……」

「新菜が僕の一番だ。大事にしたくて、愛おしくて仕方なくて……」

夢心地で彼の囁きを聞く。

「……愛してるよ、新菜」

胸の奥がじんわりと温かくなってくる。

涙がまた目尻に溜まる。

「わたしも……愛してる」

英利は新菜の肩を抱き寄せ、唇を塞ぐ。

今度のキスは二人の想いを確かめるためのもので……。

舌が絡んでくる。

新菜も自分の舌を絡め返す。

それはひとつに溶け合うようなキスだった。


二人は寝室に移動した。

ベッドで互いを脱がせ合う。本当は脱ぐのももどかしいくらいだが、肌を合わせたい気持ちもある。熱い肌を合わせたら、きっと肌の奥まで蕩けていくだろう。

そんな予感に震えながら、新菜は一糸まとわぬ姿となった。彼もまた最後の一枚を脱ぎ捨て、生まれたままの姿になる。

「新菜……」

彼の手が優しく身体に触れてきた。

そうだ。彼はいつだってこんなふうに触れてきた。たまに意地悪なことを言ってきたりするけれど、無理なことは要求しない。恥ずかしがる新菜を揶揄うだけだ。

唇が肌に触れ、赤い印をつける。

「……ごめん。痛かった？」

キスマークが新菜の胸についている。強く吸われて驚いたが、これが愛の証なのだとしたら、ちっとも痛くない。

「ううん。……英利くんがわたしのことを好きでいてくれるなら、なんともない」

「好きに決まっているだろう？　新菜が思う以上にずっとね」

次は優しいキスだった。肌に唇を軽く押し当てられるだけだ。でも、それだけで彼が新菜を守ってくれているような気がする。

たとえば……魔法のキスみたいな。

彼がキスする度に見えない印をつけられ、新菜は彼のものになっていく。そんな妄想をしてしまう。手も脚もすべてが彼のものだ。指先でさえ。髪の毛の先までも。

「ぁ……んっ……ぅ……っ」

新菜の唇から小さな声が洩れ始める。

乳房を撫でられ、乳首にキスをされていく。身体の奥に甘い疼きを感じ、新菜はすぐに自分が熱くなるのを感じた。

彼の愛撫だけが新菜をこんなに乱れさせるのだ。

だけど、それが嫌なのではない。それどころか、彼に感じさせられ、乱れきっている自分を愛おしく思うようになってしまっている。

そう。いつしか彼に翻弄されるのが嫌ではなくなっていたのだ。

今なら揶揄われても平気。

だって、それは愛情があるからだ。

少しくらい意地悪なことを言われても、彼の心の奥は優しさしかないと判っている。

彼に愛されていないとずっと誤解していた。だから、それでつらく思うときもあった。けれども……今は違う。

わたしは愛する人に愛されている……！

その喜びが胸に広がる。その気持ちと愛撫が交じり合い、新菜は快感だけでなく、幸せを噛みしめていた。

彼は新菜の腰を抱き、お腹にキスをしてくる。

「あ……っ……」

腰が震えると、彼が少し笑った。

「敏感だな……」

「し、知ってるくせに……っ」

「ああ。よーく知ってるよ。新菜の全部……僕のものだから」

太腿を撫でられ、両脚を広げられる。新菜は息を呑んだ。

「はぁ……ぁ……あん……っ」

舌で秘裂をなぞられ、身体がビクンと跳ね上がる。一番敏感な部分を舐められると、たちまち蜜が溢れ出してきた。

「こんなに濡れてるんだね」

「……やだ。恥ずかしい」

今更かもしれないが、わざわざ指摘されれば抵抗もしたくなる。

やっぱり彼は意地悪だ。

「僕のことを好きだから感じているんだよね？」

「それは……そうだけど……んんっ」

彼は再びそこを舐め始める。新菜の身体はビクビクと痙攣《けいれん》するように震えた。

自分では止めようとしても止まらない。愛されていると思うだけで、身体も前より敏感になっているようだ。

それとも、わたしの気のせい……？

彼の愛撫は魔法みたいに、新菜をおかしくさせていた。

秘裂の中に指が差し入れられる。その指が内壁を擦っていくのだ。秘部が甘く痺れて、腰がひとりでに揺れてしまう。

知らず知らずのうちに、新菜は刺激を求めていた。

もっと……もっとして。

奥に深く入ってきて。

次第にこれだけでは物足りなくなってくる。新菜は身体をくねらせながら、切れ切れの声で彼にねだった。

「あ……は、早く……っ……もう……」

彼は指を引き抜いて、新菜の望みどおりに入ってきた。

奥のほうまで彼でいっぱいになる。新菜は甘い声を洩らした。そのとき、彼がはっとしたように身を引こうとする。

「ごめん。また避妊を忘れるところだった」

新菜は彼の腕に手を絡めて引き留めた。

「……いいの。このまま……」

彼は驚いたように新菜を見つめる。

「本当に……いい？」

「だって……英利くんの赤ちゃん、欲しい……」

それは紛れもない本心だった。愛されているし、離婚もない。それなら、すぐにでも子供が欲しかった。

だって、本当はずっとそうだったから。

彼と一緒に幸せな家庭を築いていきたい。

それが新菜の望みだった。

彼はほっとしたように微笑んだ。

「新菜……僕もだよ」

二人は腕を絡めてきつく抱き合う。

互いの身体が熱く感じた。

想いが通じ合うことがこんなにも幸せだなんて……。

やがて彼が動き始める。

「あっ……やぁっ……あん」

彼の硬くなったものに内壁が擦られ、奥まで突かれた。それが何度も繰り返されると、全身が快感で満たされていく。

「え……英利……く……んっ」

「僕の腰に……脚を絡めて」

どういうこと？

よく頭が働かない。ただ彼に言われたとおりに、両脚を彼の腰に絡めた。すると、さっきより深く繫がっているように思える。

彼はぐっと奥まで入ってきた。

「やっ……くぅ……っ」

やだ。どうしよう。

充分に感じていると思っていたのに、その先があったようだ。最奥に当たる度に、新菜はもう我慢できずに彼の首にしがみついた。

頭の芯が熱くなり、ただ欲望を満たすことしか考えられなくなる。

もっと感じさせて。

もっと愛して。

もっと抱いて……！

彼がぐいっと腰を押しつけてくる。新菜はそのまま絶頂まで昇りつめた。

「あぁぁんっ……！」

彼も熱を放ち、二人はきつく抱き合う。

互いの鼓動を感じて、新菜は快感のあまり意識が薄れそうになった。

こんなに感じたのなんて初めて。

激しかった呼吸が元に戻り、二人はようやく身体を離した。しかし、結局はまた互いの身体に触れていく。

なんだか離れられないのだ。

でも、今日は特別。

こんなにも嬉しい日はないから。

新菜は彼に身体を寄せた。彼は新菜を抱き締める。

「可愛いなあ。新菜は……」

彼はしみじみとそう呟く。

今までは可愛いと言われても、嬉しくはあったけれど、きっと本心ではないのだろうと思っていた。しかし、今はどうやら本気でそう思っていることが判る。

「いつからそう思ってくれるようになったの？」

「変な意味ではなく、単に可愛いと思っていたのは昔からだよ。違った目で見るようになってきたのは……新菜が大学に行かないと言い出したあたりかな。それから大学を卒業したときに食事をしたね？　あのときは大人っぽくなっていたからドキッとした。まあ、まだ兄貴気分だったから、こうなるとは思わなかったけど」

「わたしも……だいたい同じかな」

「同じで済ませないで、もっと詳しく教えてくれよ」

彼は笑いながら、新菜の頬を優しく摘まんだ。

「子供の頃は……意地悪なお兄さんみたいに思ってた。でも、本当は優しいっていうのも判ってたよ。見る目が変わったのは、やっぱり高校のときかな。大学卒業のお祝いのときは、大人扱いしてくれて嬉しかったし、英利くんがすごく大人に見えてドキドキした」

「そんなふうに思っているようには見えなかったな。あのときも、新菜は何かと突っかかってきたし」

「英利くんが先に揶揄ってきたからでしょ」

二人は顔を見合わせて笑った。

今はこうして何もかもを笑い話にできるようになっているのだ。

「結婚相手は……新菜がよかったんだ。都合がいいというのもあったけど、僕の隣にいてほしいのは、新菜だけだった。本当は……予定どおりに離婚するつもりだったのに、暮らし始めてすぐに、もうダメだって判った。僕は男として新菜を好きになっていたし、ずっと傍にいて幸せにしたいと思い始めてしまった」

そんなにも早くから、彼は結婚を本物にする気があったのだ。新菜は自分の想いばかりに囚《とら》われていて、彼の気持ちまで気づけなかった。

「わたしは……英利くんが優しくしてくれたり、キスをしてきたりするのに気持ちが揺さぶられて戸惑っていた。どうせ離婚するのに、どうしてこんなことするのって」

「だから、距離を置こうなんて言い出したんだね」

前に自分が宣言したことを思い出して、新菜は苦笑する。

「もう手遅れだったのにね。英利くんから離れられないって自覚しただけだった。あのときは、もう英利くんが好きだって気づいてたし」

「そうだったのか……。僕は時間をかけて、新菜が僕を好きになってくれるようにしようと思ったんだ。結婚式をする頃には、もう自分の願いは叶っている気分だったのに……」

「わたしが勝手に誤解したのね。でも、好きだとも言われてなかったし、まだ離婚前提だって思っていたから」

「それは僕が悪いな。言葉にしなくても通じ合っていると思い込んでいたんだ」

結局はすれ違っていたのだ。

そう思えば、こうして気持ちを言葉にするのは大切なことだろう。

「わたし達、これからはなんでもちゃんと言葉にしたほうがいいみたい」

「そうだな。誤解なんてこりごりだ」

英利は笑った後、何かを思い出したように真面目な顔になる。

「僕はまだ新菜に言ってないことがあった」

「……何？」

そんなに真面目な顔をされると、少し怖くなってくる。

「実家のことだ。両親が離婚となったのはショックだったけど、元々、父だけ追い出して母と一緒に暮らしたいと思っていたんだ」

「わたしと英利くんがお義母さんと同居するってこと？」

「……どうかな？」

考えるまでもない。新菜は義母が大好きなのだ。

「わたしは賛成！　あ、でも、お義母さんは一人暮らしがしたいの？」

「いや、それは僕があの家を買ったと聞いたからだろう。新菜も賛成なら、母を説得するのは簡単だと思っている」

「それなら同居歓迎よ。母も遊びにきやすいと思うし」

「それなんだけど……」

英利は訳ありげに笑みを浮かべる。何か企んでいるときの顔だ。

「何か計画があるの？」

「もし可能なら、君のお母さんと衛くんも一緒に住むというのはどうだろう？」

「えっ……」

新菜には思いもよらぬことだった。

「もし一緒に住めるなら嬉しいけど……」

身体が弱い母のことは心配なのだ。衛のこともできれば一緒に住んで面倒を見たかった。だが、それを英利に頼んでもいいのだろうか。

「本当にいいの？　英利くんには負担なんじゃ……」

「負担なんかじゃないさ。新菜の家族は僕の家族だ。少なくとも、あの父親や弟よりずっと近い家族だ。それに、母も喜ぶ。あの家は大きいから二人くらい増えても大丈夫だ」

確かに二人の母は温泉旅行でも判るように、とにかく仲良しだ。一緒に暮らして気づまりということもないだろう。衛は衛で、英利に憧れているから文句はないはずだ。

新菜の脳裏に、みんなが笑顔で過ごしているところが浮かんだ。

ああ、ぜひともそうなってほしい。

わたしもみんなと一緒に暮らしたい！

「ありがとう……！」

新菜は嬉しくて彼に短いキスをした。

唇を離すと、彼は照れ笑いをする。

「どういたしまして。僕は新菜の幸せのためなら、なんでもするよ」

なんて嬉しい言葉だろう。

「お母さんを説得しなくちゃ」

「僕の母もね。二人で行こう」

「うん……」

顔を見合わせる。

英利の瞳が輝いていて、新菜は自然と笑顔になる。

すごく幸せ……。

「大好き」

「僕も。愛してるよ」

「うん。愛してる」

二人は顔を近づけ、ゆっくりと唇を交わした。

エピローグ

英利の実家にみんなが引っ越したのは、それから七ヵ月後のことだった。

というのは、古くなっていたこともあり、改築することになったからだ。まず二人の母を説得して、その後に改築の打ち合わせをした。

衛は大人になれば出ていくだろうし、英利と新菜にはいずれ子供が何人か生まれるだろう。二人の母の老後の生活も考えておかなくてはならない。そんなわけで、これから家族に変化が起きたときにも快適に暮らせるようにと、綿密に打ち合わせをして設計してもらった。

そんなことをしている間に、新菜の妊娠が判った。もちろん英利も喜んだが、二人の母も孫と同居できることを喜んだ。

そうして、新居に引っ越してから、瞬く間に五年が過ぎた。

今、家の庭では二人の幼児が二匹のトイプードルと一緒に、楽しそうに駆け回っている。

日曜の昼下がり。天気もいいから、外でいくらでも遊べる時間だ。

一人は四歳の男の子で、名前は幸樹《こうき》。もう一人は三歳の女の子で、名前は愛菜《あいな》だ。二人は仲良く、時には喧嘩しながら遊んでいる。

「幸ちゃん、愛ちゃん、そんなに走っちゃ危ないわよ！」

義母が心配して、テラスから声をかける。子供達は返事をしながらも、気がつけばまた走っている。庭が広くて芝生が植えてあるから、走りやすいというのもあるが、とにかく元気だ。転んで泣いたりもするけれど、大きな怪我《けが》でなければ大丈夫だろう。

新菜は三人目を妊娠していて、元気いっぱいの幼児にはついていけない。テラスに置いてあるガーデン用のソファに座り、二人の様子を見ていた。

隣に母が座っていて、ニコニコしている。母は相変わらずリモートで仕事をしているが、こちらに引っ越してきてから体調はいいようだ。仲のいい従姉妹もいるし、可愛い孫もいる。今は幸せだと何度も口にするくらい、この環境を気に入っていた。

「三人目は大人しい女の子だといいんだけど」

新菜がそう呟くと、母が笑った。

「何言ってるの。子供は元気なのが一番よ」

確かにそうだ。どうか元気で生まれてきてほしい。新菜は大きくなりつつあるお腹をそっと撫でた。

新菜は弟の衛とはずいぶん年が離れていたから、あんなふうに姉弟で遊んだことはない。走り回る兄妹を見て、羨ましい気持ちもあった。

その衛は大学生となり、今は友人と一緒にアパートに住んでいる。ついお節介を焼きたくなってくるが、本人は楽しい学生生活を送っていた。彼ももう大人だ。

新菜だって母親になった。それだけの年月が過ぎたのだと、しみじみと思う。

「……新菜の子ならきっと元気だよ」

後ろから声がして、振り向いた。

そこには普段着姿の英利がいた。

五年経った今も、相変わらず素敵だ。顔は整っているし、スタイルも変わっていない。髪も豊かで、もうすぐ四十代になるようには見えなかった。

「お仕事終わったの？」

彼は書斎で少し仕事をしていたが、ようやく終わったらしい。彼は新菜の後ろから肩を抱き、頬にキスをしてきた。

母の前だろうと、彼は平気でこうして愛情を示してくれる。最初は恥ずかしかったけれど、今は新菜もすっかり慣れてしまっていた。

「あらあら。旦那様はこっちにどうぞ」

新菜の隣にいた母は席を立ち、義母の隣に座る。

「ああ、わざわざ替わってもらって、すみません」

「何年たってもラブラブだから仕方ないわよねえ」

義母が新菜の隣にいそいそと座る英利を見て笑っている。彼は新菜の肩に手を回して、お腹に触れてくる。

「赤ちゃんのご機嫌はどうかな？」

「とってもいいわよ。あの子達と同じね」

英利が視線を子供達に向けると、ちょうど子供達も英利がいるのに気づいたようだった。

「あ、パパだ！」

「パパだあ！」

二人の子供達が今度はこちらに駆け寄ってくる。二匹の犬も一緒になって駆けてきた。

英利は席を立ち、屈んで子供と犬を迎える。

「パパ！」

二人は英利に抱きついた。どちらも英利によく似ている。彼からすると、どちらも新菜に似ているように見えるらしいが。

「お仕事終わったの？」

「遊んで！」

こうなったら、二人とも言うことを聞かない。といっても、英利のほうも子供達と遊びたくて外に出てきたのだろう。

「よし。遊ぼうか！」

彼は振り返った。満面の笑みを浮かべている。心から子供達を愛しているのが伝わってきて、新菜は幸せを感じた。

だって、願いは叶ったから。

わたしはこんなふうに家族で仲良く暮らしたかったの。

だから……。ねえ、わたし本当に幸せよ……。

彼は微笑んで、新菜に頷く。

きっと彼も幸せなのだ。

二人の心は深いところで通じ合っている。

英利が子供達と手を繋いで庭に出ていく。二匹の犬が軽い足取りで彼らにまとわりついている。

新菜は優しい気持ちでそれを見つめていた。

あとがき

こんにちは、水島忍です。

今回のお話はヒーローである英利が意地悪なんです。といっても、根っからの意地悪ではなく、ヒロイン新菜が可愛すぎてついいじめちゃう人です。新菜がいちいち反応して、嫌がったり怒ったりするのが楽しいという……。

ドSというより、好きな娘をいじめる小学生男子？　いや、そんなに子供っぽくもないですけどね。でも、きっとあんなに揶揄うのは新菜に対してだけだと思うんです。外面いい人だし。それどころか、好青年っぽく周囲から見られているし。新菜限定のドS男ですよー。

彼にはちょっとばかりトラウマがありまして、信じていたお父さんが実は浮気男だったとか、お父さんに隠し子がいたりとか……。そして、大学生の頃、まだまだ純粋だったときに、カノジョの本音（御曹司だから優良物件扱い）を知ってしまったとか。

彼の弱いところを全部知っている新菜だからこそ、安心して本音を晒せるわけです。結局のところ、契約だろうと本物だろうと、彼の結婚相手は新菜しかいなかったんですねえ。しみじみ。

喧嘩する兄妹みたいな関係だったのが、契約結婚したことで、二人の距離は縮まっていきます。そりゃあもう急速に。

新菜は、意地悪だけど優しい兄貴みたいだと思っていた英利に契約結婚を持ちかけられ、今までとは違う彼の一面を見るようになって、心が揺らいでいきます。自分と自分の家族のことをあれだけ心配して、助けてくれる人なんだから、そりゃあ当然でしょって感じです。

だって、普通に恋愛したとしても、そんな人にはなかなか巡り合えないですからね。なんだかんだ言いながらも、新菜は英利のことを心から信じていたと思います。つまり、新菜にとっても、結婚相手は英利しかいなかったってことです。ふふふ。お似合いじゃーん。

てなわけで、いろいろすれ違いながらのハッピーエンドです！

さて、カバーイラストですが、ロマンティックウェディングですね。二人の表情がとっても素敵です。英利は新菜を自分のものにできてご満悦だし、新菜は恥ずかしがりながらも英利に身を委ねてる感が……。夜咲こん先生、どうもありがとうございました。

それでは、二人の幸せを祈りつつ、今回はこのへんで。読んでくださった皆様、ありがとうございました。

水島忍

ルネッタⓁブックス

契約婚のはずなのに、愛を信じないドS御曹司が溺愛MAXで迫ってきます!

2023年5月25日　第1刷発行　定価はカバーに表示してあります

著　者　水島 忍　©SHINOBU MIZUSHIMA 2023
発行人　鈴木幸辰
発行所　株式会社ハーパーコリンズ・ジャパン
東京都千代田区大手町 1-5-1
03-6269-2883（営業部）
0570-008091　（読者サービス係）

印刷・製本　中央精版印刷株式会社

Printed in Japan ©K.K.HarperCollins Japan 2023
ISBN978-4-596-77367-8

乱丁・落丁の本が万一ございましたら、購入された書店名を明記のうえ、小社読者サービス係宛にお送りください。送料小社負担にてお取り替えいたします。但し、古書店で購入したものについてはお取り替えできません。なお、文書、デザイン等も含めた本書の一部あるいは全部を無断で複写複製することは禁じられています。

※この作品はフィクションであり、実在の人物・団体・事件等とは関係ありません。

Lunetta